Henry David Thoreau

Über die Pflicht zum Ungehorsam gegen den Staat

Henry David Thoreau

Über die Pflicht zum Ungehorsam gegen den Staat

Und andere Essays

Aus dem Amerikanischen
von Peter Kleinhempel und Walter E. Richartz
Mit einem Nachwort von Manfred Allié

Büchergilde Gutenberg

Inhalt

Über die Pflicht zum Ungehorsam gegen den Staat *9*
Leben ohne Grundsätze *41*
Sklaverei in Massachusetts *69*
Vom Gehen *89*

Manfred Allié
Henry David Thoreaus Leben und Werk *131*

Über die Pflicht zum Ungehorsam gegen den Staat

The Resistance to Civil Government
»Aesthetic Papers«, Boston, 1849

ICH HABE MIR den Wahlspruch zu eigen gemacht: »Die beste Regierung ist die, welche am wenigsten regiert«; und ich sähe gerne, wenn schneller und gründlicher nach ihm gehandelt würde. Wenn er verwirklicht wird, dann läuft es auf dies hinaus – und daran glaube ich auch: »Die beste Regierung ist die, welche gar nicht regiert«; und wenn die Menschen einmal reif dafür sein werden, wird dies die Form ihrer Regierung sein. Eine Regierung ist bestenfalls ein nützliches Instrument; aber die meisten Regierungen sind immer – und alle sind manchmal – unnütz. Die Einwände, die man gegen ein stehendes Heer vorgebracht hat – und davon gibt es viele und gewichtige, die sich durchsetzen sollten –, können letztlich auch gegen eine ständige Regierung erhoben werden. Das stehende Heer ist doch nur ein Arm der ständigen Regierung. Diese Regierung aber, die nichts weiter als die Form ist, welche das Volk zur Ausführung seines Willens gewählt hat, kann leicht mißbraucht und verdorben werden, bevor das Volk Einfluß darauf nehmen kann. Der Krieg in Mexiko beweist es, das Werk einer vergleichsweise geringen Zahl von einzelnen, welche die ständige Regierung als ihr Werkzeug benutzt: das Volk hätte dieser Maßnahme von vornherein nicht zugestimmt.

Was ist die amerikanische Regierung anderes als eine Tradition – und noch dazu eine recht junge –, die danach strebt, sich selbst ohne Machteinbuße für die Nachwelt zu erhalten, die dabei aber in jedem Augenblick mehr von ihrer Glaubwürdigkeit verliert? Sie hat ja nicht einmal die Lebenskraft und Energie eines einzigen lebensvollen Mannes; denn ein einzelner kann sie nach seinem Willen zurechtbiegen. Sie ist eine Art Holzkanone für das Volk; wenn man sie je im Ernst gebrauchen würde – sie würde ganz sicher platzen. Deshalb ist sie aber nicht weniger notwendig; die Leute brauchen einfach irgendeine umständliche Maschine, sie wollen ihr Geräusch hören, um die Vorstellung zu befriedigen, die sie von einer Regierung haben. Regierungen führen uns also vor, wie leicht man die Menschen betrügen kann, ja, wie sie sich sogar selbst betrügen – und zwar zu ihrem eigenen Vorteil. Wir müssen zugeben: es ist eindrucksvoll; nur, von sich aus hat diese Regierung noch nie irgendeine Unternehmung gefördert, höchstens durch die Behendigkeit, mit der sie ihr aus dem Weg gegangen ist. Sie bewahrt nicht die Freiheit des Landes. Sie besiedelt den Westen nicht. Sie erzieht nicht. Alles, was erreicht wurde, verdanken wir dem eingewurzelten Charakter des amerikanischen Volkes; und der würde mehr ausgerichtet haben, wenn die Regierung nicht so oft im Wege gelegen hätte. Denn die Regierung ist ein Instrument, mit dessen Hilfe sich die Menschen endlich gegenseitig in Ruhe lassen könnten; und sie ist, wie gesagt, um so nützlicher, je mehr die Regierten von ihr in Ruhe gelassen werden. Wie aber ist es in Wirklichkeit? Wenn sie nicht aus Gummi wären, könnten Handel und Wirtschaft niemals die Hindernisse überspringen, welche die Gesetzgeber ihnen unaufhörlich in den Weg legen; wenn man diese Leute nur nach ihrer Wirkung und nicht teilweise auch nach ihren Absichten beurteilte, dann verdienten sie, zusammen mit jenem Gesindel eingestuft und bestraft zu werden, das Hindernisse auf Eisenbahnschienen legt.

Ich will sachlich reden, und nicht wie die Leute, die sich gegen jede Regierung erklären. Ich sage nicht: von jetzt an keine Regierung mehr, sondern: von jetzt an eine bessere Regierung. Jedermann soll erklären, vor welcher Art von Regierung er Achtung haben könnte, und das wird ein Schritt auf dem Weg zu ihr sein.

Der praktische Grund, warum die Mehrheit regieren und für längere Zeit an der Regierung bleiben darf, wenn das Volk die Macht hat, ist schließlich nicht, daß die Mehrheit das Recht auf ihrer Seite hat, auch nicht, daß es der Minderheit gegenüber fair ist, sondern ganz einfach, daß sie physisch am stärksten ist. Aber eine Regierung, in der die Mehrheit in *jedem* Fall den Ausschlag gibt, kann nicht auf Gerechtigkeit begründet sein, nicht einmal soweit Menschen die Gerechtigkeit verstehen. Könnte es nicht eine Regierung geben, in der nicht die Mehrheit über Falsch und Richtig befindet, sondern das Gewissen? – in der die Mehrheit nur solche Fragen entscheidet, für die das Gebot der Nützlichkeit gilt? Muß der Bürger auch nur einen Augenblick, auch nur ein wenig, sein Gewissen dem Gesetzgeber überlassen? Wozu hat denn dann jeder Mensch ein Gewissen? Ich finde, wir sollten erst Menschen sein, und danach Untertanen. Man sollte nicht den Respekt vor dem Gesetz pflegen, sondern vor der Gerechtigkeit. Nur eine einzige Verpflichtung bin ich berechtigt einzugehen, und das ist, jederzeit zu tun, was mir recht erscheint. Man sagt, daß vereinte Masse kein Gewissen hat – und das ist wahr genug; gewissenhafte Menschen aber verbinden sich zu einer Vereinigung *mit* Gewissen. Das Gesetz hat die Menschen nicht um ein Jota gerechter gemacht; gerade durch ihren Respekt vor ihm werden auch die Wohlgesinnten jeden Tag zu Handlangern des Unrechts.

Ein allgemeines und natürliches Ergebnis dieses ungebührlichen Respektes vor dem Gesetz sieht man zum Beispiel in einer Kolonne von Soldaten: Oberst, Hauptmann, Korporal, Gemeine, Pulverjungen und alles, wie sie in bewundernswerter Ordnung über Tal und Hügel in den Krieg marschieren, wider ihren Willen, ja wider ihre gesunde Vernunft und ihr Gewissen – weshalb es ein recht anstrengender Marsch wird und beträchtliches Herzklopfen verursacht. Sie zweifeln nicht daran, daß es ein verdammenswertes Geschäft ist, mit dem sie sich da befassen; sie möchten alle friedlich sein. Aber was sind sie denn eigentlich? Sind sie überhaupt Männer, oder kleine bewegliche Verschanzungen und Waffenlager, und irgendeinem skrupellosen Menschen, der gerade an der Macht ist, zu Diensten? Geht doch einmal zu einem Kriegshafen und seht euch einen Matrosen an, eine Art Mensch, wie nur die amerikanische Regierung sie zustande bringt, ein Ding, das sie mit ihren bösen Künsten aus einem Menschen macht – es ist nur noch ein Schatten und eine schwache Erinnerung von Menschentum, ein Mann, lebendig aufgebahrt und aufrecht, doch sozusagen schon unter Waffen begraben und von einem Leichenzug begleitet, obgleich es auch noch anders sein kann:

Kein Begräbnis, kein Trommelgruß,
Als wir seinen Leichnam zu den Wällen trugen.
Kein Soldat gab einen Abschiedsschuß
Über dem Grab, in das wir unsern Helden legten.

Die Mehrzahl der Menschen dient also dem Staat mit ihren Körpern nicht als Menschen, sondern als Maschinen. Sie bilden das stehende Heer und die Miliz, die Gefängniswärter, die Konstabler, Gendarmen etc. In den meisten Fällen bleibt da kein Raum mehr für Urteil oder moralisches Gefühl; sie stehen auf derselben Stufe wie Holz und Steine; vielleicht könnte man Holzmänner herstellen, die ebenso zweckdienlich wären. Solche Wesen flößen nicht mehr Achtung ein als Strohmänner oder ein Dreckklumpen. Sie sind nicht mehr wert als Pferde oder Hunde. Und doch hält man sogar solche Menschen gewöhnlich für gute Bürger. Andere, wie die meisten Gesetzgeber, Politiker, Advokaten, Pfarrer und Würdenträger, dienen dem Staat vor allem mit ihren Köpfen; doch weil sie selten moralische Unterschiede machen, könnten sie – ohne es zu wollen – ebensowohl dem Teufel dienen wie Gott. Nur wenige Helden, Patrioten, Märtyrer, wirkliche Reformer und Männer dienen dem Staat auch mit dem Gewissen; *sie* werden gewöhnlich von ihm als Feinde behandelt. Ein Weiser wird immer nur als Mensch dienlich sein wollen, er wird sich nicht dazu hergeben, »Lehm« zu sein, um »ein Loch zu stopfen, um den Wind abzuhalten«, sondern er wird diese Aufgabe dem Staub überlassen:

> Zu hoch geboren bin ich, um jemands Eigentum,
> Der Zweite nur zu sein am Steuer,
> Nützlicher Dienstmann und Werkzeug
> Für irgendeine Macht auf dieser Erde.

Wer sich ganz seinen Mitmenschen hingibt, erscheint ihnen nutzlos und eigensüchtig; wer sich aber nur zum Teil gibt, wird zum Wohltäter und Menschenfreund erklärt.

Wie also soll man sich heutzutage zu dieser amerikanischen Regierung verhalten? Ich antworte, daß man sich nicht ohne Schande mit ihr einlassen kann. Nicht für einen Augenblick kann ich eine politische Organisation als *meine* Regierung anerkennen, die zugleich auch die Regierung von *Sklaven* ist.

Alle Menschen bekennen sich zum Recht auf Revolution; das heißt zu dem Recht, der Regierung die Gefolgschaft zu verweigern und ihr zu widerstehen, wenn ihre Tyrannei oder ihre Untüchtigkeit zu groß und unerträglich wird. Aber fast alle sagen, das sei jetzt nicht der Fall. Wohl aber glauben sie, während der Revolution von 75 sei es der Fall gewesen. Nun, wenn mir jetzt jemand damit käme, unsere Regierung sei schlecht, weil sie gewisse ausländische Waren besteuerte, die in ihre Häfen gebracht worden sind, dann würde ich wahrscheinlich kein großes Lamento darüber anstimmen, denn ich kann ohne diese Waren auskommen. Alle Maschinen haben eine gewisse Trägheit, und das würde wahrscheinlich genügen, um das Übel aufzuheben. Auf jeden Fall ist es ein großer Fehler, deshalb solchen Lärm zu schlagen. Wenn aber die Trägheit einen eigenen Apparat erhält, wenn Unterdrückung und Raub organisiert werden, dann sage ich: Wir wollen solch einen Apparat nun nicht länger dulden. Mit anderen Worten, wenn ein Sechstel der Bevölkerung einer Nation, die sich selbst zu einer Zuflucht der Freiheit gemacht hat, versklavt ist und wenn ein ganzes Land widerrechtlich überrannt, von einer fremden Armee erobert und dem Kriegsrecht unterworfen wird, dann, meine ich, ist es nicht zu früh für ehrliche Leute, aufzustehen und zu rebellieren. Und es wird nur noch dringender zur Pflicht durch die Tatsache, daß es nicht unser Land ist, welches man derart überrannt hat, und daß es unsere Armee ist, die dort überfällt.

Paley, eine bekannte Autorität für Fragen der Moral, führt in seinem Kapitel über die »Pflicht zur Unterwerfung unter die Staatsgewalt« alle Bürgerpflicht auf die Zweckmäßigkeit zurück; dann fährt er mit den Worten fort: »Solange das Interesse des Ganzen es erfordert, das heißt, solange wie man sich der bestehenden Regierung nicht widersetzen oder sie ohne allgemeine Unbequemlichkeit verändern kann, ist es Gottes Wille, daß man der bestehenden Regierung gehorcht – und nicht länger.« – »Läßt man dieses Prinzip zu, dann kann man jeden einzelnen Fall von Widerstand zurückführen auf eine Aufrechnung der Größe der Gefahr und des Ärgernisses auf der einen gegenüber der Erfolgschance und den Kosten auf der anderen Seite.« Er sagt, darüber solle jedermann selbst urteilen. Aber Paley hat anscheinend niemals die Fälle bedacht, auf die man das Gesetz der Zweckmäßigkeit nicht anwenden kann, die Fälle, in denen ein Volk, ebenso wie der Einzelmensch, Gerechtigkeit üben muß, koste es, was es wolle. Wenn ich einem Ertrinkenden das Holzbrett entrissen habe, mit dem er sich über Wasser gehalten hat, dann muß ich es ihm zurückgeben, und wenn ich dabei selbst ertrinke. Paley zufolge wäre das unbequem. Wer aber in solcher Lage sein Leben rettet, der wird es verlieren. Dieses Volk muß aufhören, Sklaven zu halten und in Mexiko Krieg zu führen, und wenn es seine Existenz als Volk kosten würde. In der Praxis verfahren die Nationen nach Paleys Rezept; glaubt aber jemand, daß Massachusetts in der gegenwärtigen Krise das Richtige tut?

> Ein miserables Land,
> Eine rechte Talmi-Schlampe
> Läßt sich die Schleppe tragen, und
> Die Seele schleift im Schmutz.

Die Gegner einer Reform in Massachusetts sind in Wirklichkeit nicht hunderttausend Politiker im Süden, sondern hunderttausend Krämer und Bauern bei uns, die sich mehr für Handel und Landwirtschaft interessieren als für die Menschlichkeit und die nicht bereit sind, den Sklaven und dem Lande Mexiko gerecht zu werden, *koste es, was es wolle.* Ich kämpfe nicht gegen Feinde an, die weit weg sind, sondern gegen die Feinde hier, in der Nähe, die mit denen im Süden zusammenarbeiten, den Fürsprechern jener, ohne die sie machtlos wären. Wir sagen gewöhnlich, die Masse der Menschen sei unreif; aber dieser Zustand bessert sich nur deshalb so langsam, weil die »Wenigen« nicht wesentlich besser oder klüger sind als die »Vielen«. Es ist nicht so wichtig, daß die große Menge ebenso gut ist wie ihr, sondern daß es überhaupt irgendwo vollkommene Güte gibt; denn das wird die Masse mitreißen. Es gibt Tausende, die im *Prinzip* gegen Krieg und Sklaverei sind und die doch praktisch nichts unternehmen, um sie zu beseitigen; die sich auf den Spuren Washingtons oder Franklins glauben und zugleich ruhig sitzen bleiben, die Hände in den Taschen, sagen, sie wüßten nicht, was zu tun sei, und eben auch nichts tun; Menschen, für die die Frage der Freiheit hinter der des Freihandels zurücktritt und die nach dem Essen in aller Ruhe die Tagespreise zugleich mit den letzten Nachrichten aus Mexiko lesen und vielleicht über dieser Lektüre einschlafen. Wie hoch steht heute wohl der Tagespreis für einen Ehrenmann oder Patrioten? Sie zögern, sie bedauern, und manchmal unterschreiben sie auch Bittschriften, aber sie tun nichts ernsthaft und wirkungsvoll. Sie warten – wohlsituiert –, daß andere den Übelstand abstellen, damit sie nicht mehr daran Anstoß nehmen müssen. Höchstens geben sie ihre Stimme zur Wahl, das kostet nicht viel, und der Gerechtigkeit geben sie ein schwaches Kopfnicken und die besten Wünsche mit auf den Weg, während sie an ihnen vorübergeht. Es gibt neunhundertneunundneunzig Gönner der Tugend auf einen tugendhaften Mann. Aber es ist besser, mit dem wirklichen Besitzer einer Sache zu verhandeln, als mit ihrem zeitweiligen Hüter.

Alle Wahlen sind eine Art Spiel, wie Schach oder Puff, nur mit einem winzigen moralischen Beigeschmack, ein Spiel um Recht und Unrecht, um moralische Probleme; natürlich setzt man auch Wetten darauf. Doch für den Wähler steht nichts auf dem Spiel. Ich wähle so, wie es mir eben recht erscheint; ich versteife mich nicht darauf, daß die Billigkeit sich dabei durchsetzt. Das überlasse ich gerne der Mehrheit. Die Verpflichtung geht hier nicht über die Zweckmäßigkeit hinaus. Auch für das *Rechte stimmen* heißt, *nichts dafür tun.* Allenfalls gibt man den Menschen sanft zu verstehen, man wünsche, es möge sich durchsetzen. Ein kluger Mensch wird die Gerechtigkeit nicht der Gnade des Zufalls überlassen, er wird auch nicht wollen, daß sie durch die Macht der Mehrheit wirksam werde. Denn in den Handlungen von Menschenmassen ist die Tugend selten zu Hause. Wenn die Mehrheit schließlich für die Beseitigung der Sklaverei stimmen wird, dann deshalb, weil es dann kaum noch etwas anderes als die Sklaverei geben wird, das durch ihre Stimme beseitigt werden kann. *Sie* werden dann die einzigen Sklaven sein. Nur wer mit seiner Stimme seine Freiheit aufweist, kann mit dieser Stimme die Befreiung der Sklaven beschleunigen.

Ich hörte, daß man in Baltimore, oder weiß Gott wo, eine Versammlung abhalten will, um den Präsidentschaftskandidaten zu wählen; es ist eine Versammlung vor allem von Journalisten und Berufspolitikern; aber was bedeutet schon ihre Entscheidung für einen unabhängigen, intelligenten und achtbaren Menschen? Sollten wir nicht wenigstens die Vorzüge der Weisheit und Ehrlichkeit genießen? Können wir nicht auch auf einige unabhängige Wahlstimmen rechnen? Gibt es in diesem Land nicht viele, die den Versammlungen gar nicht beiwohnen? Aber nein: ich sehe schon, daß der sogenannte Ehrenmann eiligst von seiner bisherigen Haltung und von der Not seines Landes abrückt und daß das Land mehr Grund hat, an *seiner* Not zu verzweifeln. Und gleich erklärt er sich für den derart gewählten Kandidaten – dieser sei nämlich der einzig *verfügbare* – und beweist damit, daß er selbst für alle demagogischen Zwecke *verfügbar* ist. Seine Stimme hat nicht mehr Wert als die eines Fremden, der mit unseren Grundsätzen nicht vertraut ist, oder die eines eingeborenen Söldners, den man gekauft hat. Denn ein Mann, der wirklich einer ist, hat ein Rückgrat, durch das man – wie mein Nachbar es sagt – nicht seine Hand stecken kann! Es stimmt etwas nicht mit unseren Statistiken: die Bevölkerungszahl, welche sie angeben, ist zu hoch. Wie viele *Männer* gibt es in diesem Land auf tausend Meilen im Quadrat? Kaum einen. Hat Amerika etwas zu bieten für Männer, die sich hier niederlassen wollen? Der Amerikaner hat sich zu einem Bruder Maurer zurückentwickelt, den man an seinem ausgeprägten Herdentrieb, seinem Mangel an Verstand und seiner fröhlichen Selbstgefälligkeit erkennen wird; wenn er in diese Welt tritt, ist sein erstes und Hauptanliegen, ob die Armenhäuser auch in gutem Zustand sind, und, bevor er alt genug ist, um Männerkleidung zu tragen, einen Fonds zur Unterstützung von Witwen und Waisen zu sammeln. Kurz, der es nur mit Hilfe einer Versicherung riskiert zu leben, die ihm ein anständiges Begräbnis versprochen hat.

Der Mensch ist nicht unbedingt verpflichtet, sich der Austilgung des Unrechts zu widmen, und sei es noch so monströs. Er kann sich auch anderen Angelegenheiten mit Anstand widmen; aber zum mindesten ist es seine Pflicht, sich nicht mit dem Unrecht einzulassen, und wenn er schon keinen Gedanken daran wenden will, es doch wenigstens nicht praktisch zu unterstützen. Wenn ich mich mit anderen Gegenständen und Betrachtungen befassen will, dann muß ich mindestens darauf achten, daß ich dabei keinem anderen auf dem Rücken sitze. Ich muß ihn schon freigeben, daß auch er seinen Belangen nachgehen kann. Aber seht nur, welche Inkonsequenz man hinnimmt. Ich hörte, wie zwei Mitbürger miteinander sprachen: »Sie sollen nur kommen und mir befehlen, den Sklavenaufstand zu unterdrücken oder gegen Mexiko zu marschieren – wir werden ja sehen, ob ich es täte!« Und diese Leute haben doch gerade selbst für Ersatz gesorgt, unmittelbar, indem sie damit einverstanden sind, daß es geschieht, und mittelbar durch ihr Geld. Dem Soldaten, der sich weigert, in einen ungerechten Krieg zu ziehen, spenden dieselben Leute Beifall, die sich nicht weigern, die ungerechte Regierung zu stützen, die diesen Krieg verursacht hat; es sind dieselben Leute, deren Handlungen und Auftrag der Soldat ignoriert und für nichtig erklärt; es ist gerade, als ob der Staat so reuig sei, daß er jemanden bestellt, der ihn geißeln soll, wenn er sündigt, doch so reuig auch wieder nicht, daß er auch nur für einen Augenblick damit aufhörte. So bringt man uns im Namen der Ordnung und der Zivilisation dazu, uns schließlich unserer eigenen Bösartigkeit zu beugen und sie zu unterstützen. Auf das erste Erröten vor der Sünde folgt die Gleichgültigkeit; war sie zuerst unmoralisch, so wird sie nun amoralisch, und das ist nicht einmal so abwegig bei dem Leben, das wir uns eingerichtet haben.

Um einen allgemeinen und überall anerkannten Irrtum aufrechtzuerhalten, bedarf es der selbstlosesten Tugend. Dem kleinen Fehler, welcher der Tugend des Patriotismus anhaftet, verfallen gerade die Edlen am leichtesten. Es sind gerade die ehrenhaftesten Verteidiger der Regierung, welche dieser ihre loyale Unterstützung gewähren, während sie doch Einstellung und Maßnahmen dieser Regierung mißbilligen – und sie bilden die ernstesten Hindernisse für Reformen. Einige verlangen in Bittschriften vom Staat, er möge doch die Union auflösen und die Anordnungen des Präsidenten mißachten. Warum lösen sie sie nicht selber auf? Nämlich die Union zwischen sich selbst und dem Staat, und warum weigern sie sich nicht, ihren Anteil in den Staatsschatz zu zahlen? Stehen sie denn zu ihrem Staat nicht in demselben Verhältnis, in dem der Staat zur Union steht? Und haben nicht den Staat die gleichen Gründe daran gehindert, sich der Union zu widersetzen, welche sie selbst daran gehindert haben, sich dem Staat zu widersetzen?

Wie kann sich jemand nur damit zufriedengeben, daß er eine Meinung hat! Was für eine Genugtuung liegt darin, wenn es seine Meinung ist, daß er bedrückt sei? Wenn dein Nachbar dich auch nur um einen Dollar betrügt, dann genügt es dir nicht zu wissen, daß du betrogen worden bist, auch nicht, ihm eine Bittschrift zuzustellen, er möge dir die Schuld zurückzahlen; vielmehr wirst du wirksame Schritte unternehmen, um sofort die ganze Summe zurückzubekommen und die Gewähr, daß du nicht wieder betrogen werden wirst. Wer nach Grundsätzen handelt, das Recht wahrnimmt und es in Taten umsetzt, verändert die Dinge und Verhältnisse; dies ist das Wesen des Revolutionären, es gibt sich nicht mit vergangenen Zuständen zufrieden. Es trennt nicht nur Staaten und Kirchen, es spaltet

Familien. Ja, es spaltet den Einzelmenschen, indem es das Teuflische in ihm von dem Göttlichen scheidet.

Es gibt ungerechte Gesetze: sollen wir ihnen befriedigt gehorchen, oder sollen wir es auf uns nehmen, sie zu bessern, und ihnen nur so lange gehorchen, bis wir das erreicht haben, oder sollen wir sie vielleicht sofort übertreten? Die Leute glauben im allgemeinen, unter einer Regierung, wie wir sie jetzt haben, sollten sie warten, bis sie die Mehrheit zu den Änderungen überredet haben. Wenn sie Widerstand leisteten, so glauben sie, wäre die Kur schlimmer als die Krankheit. Aber es ist die Regierung, die allein schuld hat, daß die Kur schlimmer als die Krankheit ist. Sie macht sie schlimmer. Warum tut sie nicht mehr dafür, Reformen vorzusehen und einzuleiten? Warum achtet sie nicht auf ihre verständige Minderheit? Warum muß sie lärmen und sich sträuben, bevor sie noch Schaden gelitten hat? Warum ermutigt sie die Bürger nicht, wachsam zu sein und ihre Fehler anzuzeigen und ihr damit Besseres zu tun, als an ihnen getan wurde? Warum wird Christus immer aufs neue gekreuzigt, Kopernikus und Luther exkommuniziert und Washington und Franklin noch immer zu Rebellen erklärt?

Es scheint, daß eine bewußte und aktive Verleugnung ihrer Staatsgewalt der einzige Angriff ist, auf den die Regierung nicht gefaßt war; oder warum hat sie dafür keine angemessene Strafe eingeführt? Wenn jemand, der nichts besitzt, sich nur einmal weigert, für den Staat neun Schillinge zu verdienen, steckt man ihn dafür für eine Zeit ins Gefängnis, die durch kein mir bekanntes Gesetz befristet und nur nach dem Ermessen derer begrenzt wird, die ihn da hineingebracht haben; hätte er aber neunzig mal neun Schillinge vom Staat gestohlen, dann wäre er bald wieder freigelassen.

Wenn die Ungerechtigkeit nur eine unvermeidliche Folge der Trägheit der Regierungsmaschine ist, dann laß es in Gottes Namen dabei: Irgendwann wird sich das einlaufen – auf jeden Fall wird sich die Maschine ausleiern. Wenn die Ungerechtigkeit einen Ursprung hat, ein Zahnrad oder einen Übertragungsriemen oder eine Kurbel, wovon sie ausschließlich herstammt, dann kannst du vielleicht erwägen, ob die Kur vielleicht schlimmer wäre als das Übel; wenn aber das Gesetz so beschaffen ist, daß es notwendigerweise aus dir den Arm des Unrechts an einem anderen macht, dann, sage ich, brich das Gesetz. Mach dein Leben zu einem Gegengewicht, um die Maschine aufzuhalten. Jedenfalls muß ich zusehen, daß ich mich nicht zu dem Unrecht hergebe, das ich verdamme.

Was die Auswege angeht, welche der Staat angeblich bietet, um das Übel zu heilen, so kenne ich sie nicht. Sie sind zu langwierig, und ein Menschenleben ginge darüber hin. Ich habe schließlich andere Angelegenheiten, um die ich mich kümmern muß. Ich bin in diese Welt gekommen, um darin zu leben, ob nun schlecht oder recht, aber nicht unbedingt, um sie so zu verbessern, daß man gut darin lebt. Ein Mensch soll nicht alles tun, sondern etwas; und weil er nicht *alles* tun kann, soll er nicht ausgerechnet *etwas* Unrechtes tun. Meine Sache ist es nicht, mehr Bittschriften an den Gouverneur oder an die Gesetzgeber zu richten als sie an mich; und wenn sie dann meine Bitten gar nicht anhören wollten, was sollte ich dann tun? Für einen solchen Fall hat der Staat eben keine Abhilfe vorgesehen; der Fehler liegt in der Verfassung selbst. Vielleicht scheint dies schroff, stur und unnachgiebig; aber ich kann verlangen, daß man dieser Haltung mit der höchstmöglichen Achtung und dem größtmöglichen Verständnis begegnet, sie verdient es. Jede Wende zum Besseren erschüttert den Körper in Krämpfen wie Geburt und Tod.

Ohne zu zögern, sage ich, daß die, welche sich Abolitionisten nennen, unverzüglich und wirkungsvoll der Regierung von Massachusetts ihre Unterstützung versagen sollen, sowohl mit ihrer Person wie mit ihrem Eigentum, und daß sie nicht warten sollen, bis sie eine Mehrheit von einer Stimme haben, damit das Recht durch sie die Oberhand gewinnt. Ich finde, es reicht, wenn sie Gott auf ihrer Seite haben, auf den anderen brauchen sie nicht zu warten. Im übrigen bildet jeder, der mehr im Recht ist als seine Nachbarn, schon eine Mehrheit um eine Stimme.

Ich begegne dieser amerikanischen Regierung, oder vielmehr ihrer Vertretung, der Regierung dieses Bundesstaates, einmal im Jahr – unmittelbar, Auge in Auge –, und zwar in der Person des Steuereinnehmers; das ist die einzige Art und Weise, in der jemand in meiner Lage ihr unweigerlich begegnet; und dann sagt sie klar und deutlich: Erkenne mich an. Nun, dann ist die einfachste, wirkungsvollste und – so wie die Dinge jetzt liegen – unumgänglichste Methode des Verkehrs mit ihr, durch welche ich zugleich auch meine winzige Zuneigung und Liebe für sie ausdrücke: meine Weigerung. Der Mann, mit dem ich zu verhandeln habe, mein guter Nachbar, der Steuereinnehmer – schließlich streite ich doch mit Menschen und nicht mit Papier –, er ist freiwillig ein Organ der Regierung geworden. Wie soll er je kennenlernen, was er darstellt und was er als Beamter der Regierung tun muß, oder vielleicht auch als Mensch, solange er nicht zu der Entscheidung gezwungen ist, ob er mich, seinen achtbaren Nachbarn, auch als Nachbarn und ordentlichen Menschen behandeln soll oder als einen Verrückten oder Friedensstörer, und solange er sich nicht bemühen muß, mich über solche Hindernisse hinweg gutnachbarlich zu behandeln, ohne sein Tun mit unnötig rauhen und heftigen Gedanken und Worten zu begleiten. Ich weiß ganz genau, wenn nur tausend Menschen, hundert, zehn, ja sogar wenn nur *ein* Ehrenmann im Staate Massachusetts, weil er keine Sklaven mehr halten will, nicht mehr an dieser Gemeinschaft teilhaben wollte und dafür ins Gefängnis gesperrt würde: es wäre das Ende der Sklaverei in Amerika. Denn es spielt keine Rolle, wie gering die Anfänge zu sein scheinen: was einmal wohlgetan ist, ist für immer getan. Aber wir reden lieber darüber; wir sagen, das sei unsere Aufgabe. Im Dienst der Reform stehen Dutzende von Zeitungen, aber kein einziger Mensch. Wenn mein werter Nachbar, der Abgesandte des Staates, der, wie er sagt, seine Tage mit der Erörterung der Menschenrechte in der beratenden Versammlung zubringen möchte, einmal in Massachusetts gefangen säße, nicht irgendwo in Carolina bloß mit Gefängnis *bedroht* wäre, dann würden die Abgeordneten diesen Winter die Angelegenheit wohl nicht wieder links liegenlassen. Wohlgemerkt: hier in Massachusetts, jenem Staat, der so gerne seinem Bruderstaat die Sklaverei vorwirft, obgleich man als Streitgrund nicht mehr entdecken kann als den Mangel an Gastfreundschaft.

Unter einer Regierung, die irgend jemanden unrechtmäßig einsperrt, ist das Gefängnis der angemessene Platz für einen gerechten Menschen. Der rechte Platz, der einzige, den Massachusetts seinen freieren und weniger kleinmütigen Geistern anzubieten hat, ist eben das Gefängnis, wo sie von Staates wegen ausgesetzt und ausgeschlossen werden, nachdem sie sich durch ihre Grundsätze schon selbst ausgeschlossen haben. Der entflohene Sklave, der mexikanische Kriegsgefangene auf Parole und der Indianer mit seinen Anklagen gegen das Unrecht, das man seiner Rasse zugefügt: nur hier sollen sie ihn finden, im Gefängnis; auf diesem abgeschiedenen, aber freieren und ehrbareren Boden, wo der Staat jene hinbringt, die nicht *mit* ihm, sondern *gegen* ihn sind: es ist das einzige Haus in einem Sklavenstaat, das ein freier Mann in Ehren bewohnen kann. Vielleicht glauben manche, daß sie dort ihren Einfluß verlieren, daß ihre Stimme das Ohr des Staates nicht mehr erreicht, sie glauben, daß ihre Feindschaft innerhalb dieser Mauern unwirksam wäre – aber sie wissen nicht, um wieviel die Wahrheit stärker ist als der Irrtum und wieviel ausdrucksvoller und wirksamer sie die Ungerechtigkeit bekämpfen können, wenn sie sie nur ein bißchen an sich selbst erfahren haben. Lege in deine Stimme das ganze Gewicht, wirf nicht nur einen Papierzettel, sondern deinen ganzen Einfluß in die Waagschale. Eine Minderheit ist machtlos, wenn sie sich der Mehrheit anpaßt; sie ist dann noch nicht einmal eine Minderheit; unwiderstehlich aber ist sie, wenn sie ihr ganzes Gewicht einsetzt. Vor der Wahl, ob er alle anständigen Menschen im Gefängnis halten oder Krieg und Sklaverei aufgeben soll, wird der Staat mit seiner Antwort nicht zögern. Wenn tausend Menschen dieses Jahr keine Steuern bezahlen würden, so wäre das keine brutale und blutige Maßnahme – das wäre es nur, wenn sie sie zahlten und damit dem Staat erlaubten, Brutalitäten zu begehen und Blut zu vergießen. Das erstere ist, was wir unter einer friedlichen Revolution verstehen – soweit sie möglich ist. Wenn nun aber – wie es geschehen ist – der Steuereinnehmer oder irgendein anderer Beamter mich fragt: »Was soll ich aber jetzt tun?«, so ist meine Antwort: »Wenn du wirklich etwas tun willst, dann gib dein Amt auf.« Wenn einmal der Untertan den Gehorsam verweigert und der Beamte sein Amt niedergelegt hat, dann hat die Revolution ihr Ziel erreicht. Doch nehmt ruhig an, daß dabei auch Blut vergossen werden müßte. Wird denn nicht gewissermaßen Blut vergossen, wenn das Gewissen verletzt ist? Durch diese Wunde fließt das wahre Menschentum eines Mannes und seine Unsterblichkeit, und er verblutet zu immerwährendem Tod. Heute sehe ich dieses Blut fließen.

Ich habe gefunden, daß man den Gesetzesbrecher lieber einsperrt, anstatt seinen Besitz zu beschlagnahmen – obgleich sonst beides den Strafzweck erfüllt –, weil diejenigen, welche am striktesten auf dem Recht bestehen und daher für einen verdorbenen Staat die größte Gefahr darstellen, sich meistens nicht viel Zeit zur Ansammlung von Eigentum genommen haben. Der Staat ist für solche Menschen nur von geringem Nutzen, selbst eine bescheidene Steuer wird da schon übertrieben scheinen, besonders, wenn sie gezwungen sind, sie eigenhändig zu verdienen. Gäbe es jemanden, der gänzlich ohne Geld auskäme, sogar der Staat würde zögern, welches von ihm zu verlangen. Aber der Reiche hat sich – ohne daß ich besonders neidisch wäre – an die Institution verkauft, die ihn reich macht. Um es überspitzt auszudrücken: je mehr Geld, desto weniger Anstand; denn das Geld tritt zwischen den Menschen und die gewünschten Gegenstände; und es erwirbt sie an seiner Statt; soviel aber ist sicher: es war keine große Tugend, Geld zu erwerben. Geld läßt viele Fragen zur Ruhe kommen, die man sonst mit einer Steuer von Antworten belegt hätte; die einzige neue Frage, die es aufwirft, ist, wie man es ausgeben soll. So wird dem Reichen der moralische Boden unter den Füßen weggezogen. Die Möglichkeiten des Lebens verringern sich in dem Maße, in dem die sogenannten »Mittel« anwachsen. Das Beste, was ein Reicher zur Pflege seiner Menschlichkeit tun kann, ist, die Wünsche zu verwirklichen, die er als armer Mensch gehegt hat. Christus wies die Häscher des Herodes zurecht, wie es ihnen zukam: »Zeiget mir einen Groschen!« sagte er – und einer zog einen Penny aus seiner Tasche. Wenn ihr das Geld mit dem Bild des Kaisers benutzt, dem er Wert gegeben und das er in Umlauf gesetzt hat, also, *wenn ihr Menschen dieses Staates seid* und gerne die Vorteile von des Kaisers Regierung genießt, dann zahlt ihm auch etwas von seinem Eigentum zurück, wenn er es verlangt: »So gebet dem Kaiser, was des Kaisers ist, und Gott, was Gottes ist« – und damit waren sie genauso schlau wie zuvor und wußten nicht, wem was zustand; weil sie es auch gar nicht wissen wollten.

Auch wenn ich mich mit dem freisinnigsten meiner Nachbarn unterhalte, stelle ich fest: was sie auch über die Bedeutung und den Ernst der Frage, über ihre Rücksicht auf die öffentliche Ruhe sagen mögen – die Sache läuft immer darauf hinaus, daß sie auf den Schutz der Regierung nicht verzichten wollen und sich vor den Folgen des Ungehorsams für ihr Eigentum und ihre Familie fürchten. Was mich betrifft, ich glaube nicht, daß ich mich je auf den Schutz des Staates verlassen werde. Wenn ich aber diese Staatsgewalt abweise, sobald sie mir die Steuerrechnung präsentiert, dann wird mir sofort mein Eigentum genommen, und ich und meine Kinder werden endlos gequält. Das ist hart. So wird es dem Menschen unmöglich gemacht, ehrlich zu leben und zugleich angenehm, was die äußeren Dinge anbetrifft. Es lohnt sich eben nicht, Eigentum zu erwerben, es würde sehr bald wieder verloren sein. Man muß irgendwo taglöhnern oder pachten, muß eine möglichst kleine Ernte ziehen und sie bald aufessen. Man muß für sich leben, sich nur auf sich selbst verlassen, immer das Bündel gepackt haben und bereit sein, fortzugehen, und nicht viele Geschäfte in Gang haben. Es kann einer auch in der Türkei reich werden, wenn er in jeder Hinsicht ein guter Untertan der türkischen Regierung sein will. Konfuzius sagte: »In einem Staat, der nach den Grundsätzen der Vernunft regiert wird, wird man sich für Elend und Armut schämen; in einem Staat, der *nicht* nach den Grundsätzen der Vernunft regiert wird, schämt man sich für Reichtum und Ruhm.« Nein: solange ich nicht den Schutz des Staates Massachusetts in irgendeinem südlichen Hafen wünsche, wo meine Freiheit gefährdet ist, oder solange ich nicht darauf aus bin, mir hier durch friedliche Unternehmungen ein Vermögen aufzubauen, kann ich es mir leisten, dem Staat meine Loyalität und das Recht auf mein Eigentum und Leben zu verweigern. Mich kostet es in jeder Hinsicht weniger, die Strafe für Ungehorsam gegen den Staat anzunehmen, als wenn ich gehorchen würde. Im zweiten Fall käme ich mir ärmer vor.

Vor ein paar Jahren trat der Staat im Namen der Kirche an mich heran und befahl, ich sollte eine bestimmte Summe bezahlen, um einen Pfarrer zu unterhalten, den zwar mein Vater gehört hatte – ich aber nie. »Zahle«, wurde mir gesagt, »oder du wirst ins Gefängnis gesperrt.« Ich lehnte es ab zu zahlen. Unglücklicherweise hielt es jemand für richtig, statt meiner zu zahlen. Ich konnte nicht einsehen, warum ein Lehrer besteuert werden sollte, um den Pfarrer zu erhalten, der Pfarrer aber nicht zugunsten des Lehrers; ich war zwar kein staatlicher Lehrer, aber ich verdiente mein Brot durch freien Unterricht. Ich konnte nicht einsehen, warum die Abendschule – gedeckt durch den Staat – nicht ebenso ihre Steuerrechnung präsentiert wie die Kirche. Auf Bitten der Stadträte ließ ich mich jedoch herab, eine schriftliche Erklärung der folgenden Art abzugeben: »Hiermit gebe ich, Henry Thoreau, bekannt, daß ich nicht als Mitglied irgendeiner Vereinigung angesehen werden will, in die ich nicht eingetreten bin.« Diese Erklärung gab ich dem Stadtsekretär, und der hat sie jetzt. Nachdem er erfahren hatte, daß ich mich nicht als Mitglied dieser Kirche ansah, hat der Staat nie wieder eine ähnliche Forderung an mich gerichtet, obgleich er erklärte, daß er sich weiterhin an die ursprüngliche Annahme halten müßte. Wenn ich nur ihre Bezeichnung gekannt hätte, dann wäre ich systematisch aus allen Gesellschaften ausgetreten, in die ich nie eingetreten bin; aber ich wußte ja nicht, wo die vollständige Liste zu finden war.

Ich habe sechs Jahre keine Wahlsteuer bezahlt. Einmal wurde ich deshalb für eine Nacht ins Gefängnis gesteckt. Wie ich da stand und mir die massiven Steinmauern betrachtete, die zwei oder drei Fuß dick waren, die Türe aus Holz und Eisen – einen Fuß dick – und das Eisengitter, welches das Licht siebte, kam mir die ganze Dummheit dieser Institution zum Bewußtsein, die mich so behandelte, als wäre ich nicht mehr als Fleisch, Blut und Knochen, was man einschließen kann. Ich fragte mich, ob sie nun zu dem Schluß gekommen war, dieses sei der beste Zweck, dem ich zugeführt werden könnte, und ob sie nie daran gedacht hätte, sich meiner guten Dienste zu versichern. Ich sah: wenn zwischen mir und meinen Mitbürgern auch eine Mauer war, so gab es doch eine, die noch schwerer zu überklettern und zu durchbrechen ist, wenn man so frei sein will, wie ich es war. Nicht einen Augenblick lang fühlte ich mich beengt, und diese Mauern schienen mir eine große Verschwendung von Stein und Mörtel. Mir kam es vor, als hätte ich als einziger unter meinen Mitbürgern die Steuer bezahlt. Ganz offensichtlich wußten sie nicht, wie sie mich behandeln sollten, sie benahmen sich wie schlecht erzogene Leute. In jeder ihrer Drohungen und in jeder ihrer Höflichkeiten steckte ein dummes Mißverständnis; sie dachten nämlich, mein größter Wunsch sei, auf der anderen Seite dieser Mauern zu stehen. Ich mußte lächeln, wenn ich zusah, wie emsig sie die Tür vor meinen Betrachtungen abschlossen, welche dann ohne Mühe und Widerstand hinter ihnen hinausgingen – und *sie* waren doch in Wirklichkeit die eigentliche Gefahr! Da sie *mich* nicht fassen konnten, beschlossen sie, meinen Körper zu bestrafen; wie kleine Jungen, die, weil sie eine Wut auf jemanden haben, aber nicht an ihn herankönnen, dessen Hund mißhandeln. Ich sah, daß der Staat einfältig ist, ängstlich wie eine alte Jungfer mit ihren silbernen Löffeln, daß er seine Freunde nicht von den Feinden unterscheiden kann, und ich verlor die geringe Achtung vor ihm, die noch übrig war, und bedauerte ihn.

Mit dem inneren Wesen, sei es intellektuell oder moralisch, kann der Staat sich also niemals auseinandersetzen, sondern nur mit dem Körper, mit den Sinnen. Er verfügt weder über größere Vernunft noch Ehrlichkeit, sondern nur über größere physische Gewalt. Ich bin nicht für den Zwang geboren. Ich werde nach meiner Art atmen. Wir wollen doch sehen, wer stärker ist. Was für eine Macht hat eine Masse? Nur die können mich zwingen, die ein höheres Gesetz befolgen als ich. Sie zwingen mich dann, so wie sie zu werden. Ich habe noch nie gehört, daß ein *Mensch* von einer Menschenmasse *gezwungen* worden wäre, so oder so zu leben. Was wäre das auch für ein Leben! Wenn die Regierung vor mir steht und sagt: »Geld oder Leben«, warum sollte ich mich beeilen, mein Geld herauszurükken? Vielleicht ist sie in einer Zwangslage und weiß nicht, was tun: *ich* kann da nicht helfen. Die Regierung muß sich selbst helfen; sie soll es machen wie ich. Es lohnt sich nicht, darüber zu greinen. Ich bin nicht dafür verantwortlich, daß die Maschine der Gesellschaft richtig funktioniere. Ich bin nicht der Sohn eines Uhrmachers. Ich beobachte: wenn eine Eichel und eine Walnuß nebeneinander fallen, dann verhält sich die eine nicht still, um der anderen Platz zu machen, sondern beide gehorchen ihren eigenen Gesetzen, um zu keimen, zu wachsen und zu blühen so gut sie können, bis schließlich die eine die andere überschattet und zugrunde richtet. Wenn eine Pflanze nicht nach ihrer Art leben kann, so stirbt sie. Menschen geht es ebenso.

Die Nacht im Gefängnis war recht neuartig und interessant. Als ich ankam, hielten die Gefangenen, die in Hemdsärmeln am Eingang standen, gerade ein Plauderstündchen in der Abendluft. Aber der Gefängniswärter sagte: »Los, Jungens, es ist Zeit zum Abschließen.« Sie zerstreuten sich, und ich hörte das Geräusch der Schritte, wie sie in ihre kahlen Wohnungen zurückkehrten. Mein Zellengenosse wurde mir vom Gefängniswärter als ein »prima Bursche und schlauer Kerl« vorgestellt. Als die Tür verschlossen war, sagte er mir, wo ich meinen Hut aufhängen könnte und wie er sonst mit den Verhältnissen dort zurechtkam. Die Räume wurden einmal im Monat gekalkt; und dies war wohl die weißeste, am einfachsten möblierte und sauberste Wohnung in der ganzen Stadt. Er wollte natürlich wissen, wo ich herkäme und was mich dort hineingebracht hätte; und als ich ihm das erzählt hatte, fragte ich ihn meinerseits, wie er denn hergekommen wäre, natürlich in der Annahme, daß er ein ehrlicher Kerl sei; und wie es so geht in der Welt, ich glaube wirklich, daß er es war. »Sie beschuldigen mich«, sagte er, »ich hätte eine Scheune angezündet; dabei habe ich es nie getan.« Soviel ich herausbringen konnte, hatte er sich wahrscheinlich betrunken in der Scheune schlafen gelegt und hatte da seine Pfeife geraucht; und so war die Scheune verbrannt. Er hatte den Ruf, ein gewitzter Mann zu sein, er wartete dort schon drei Monate auf seine Verhandlung und sollte noch ebenso lange darauf warten; aber er war ganz zahm und zufrieden, da er doch umsonst lebte, und er glaubte sich gut behandelt.

Er belegte das eine Fenster mit Beschlag und ich das andere; offenbar würde es die Hauptbeschäftigung sein, aus dem Fenster zu sehen, wenn man sich länger hier aufhielt. Ich hatte bald alles Gedruckte gelesen, das herumlag, hatte die Stellen besichtigt, wo frühere Gefangene ausgebrochen waren und wo ein Gitter durchgesägt worden war, ich hatte mir die Geschichte der verschiedenen Zelleninsassen angehört; denn ich fand heraus, daß es sogar hier Geschichten und Gerüchte gab, die außerhalb der Gefängnismauern nie in Umlauf kamen. Vielleicht ist dies der einzige Ort in der Stadt, wo Lieder komponiert wurden, die dann abgedruckt wurden und von Hand zu Hand gingen, aber nie veröffentlicht. Man zeigte mir eine lange Reihe von Strophen von ein paar jungen Leuten, die man bei einem versuchten Ausbruch erwischt hatte und die sich nun rächten, indem sie diese Lieder sangen.

Ich quetschte meinen Mitgefangenen aus, so gut ich konnte, denn ich fürchtete, ich würde ihn nie wiedersehen; aber nach einiger Zeit zeigte er mir mein Bett und sagte, ich solle die Lampe ausblasen.

Dort für diese eine Nacht zu liegen, war wie die Reise in ein fernes Land, das ich nie zu sehen erwartet hatte. Mir schien es, als hätte ich die Turmuhr vorher nie schlagen gehört und auch nicht die abendlichen Geräusche des Dorfes; wir schliefen nämlich bei geöffnetem Fenster, das innerhalb der Gitter war. Ich sah also mein Heimatdorf im Licht des Mittelalters, unser Fluß Concord war in den Rhein verwandelt, und ich hatte Visionen von Rittern und Burgen, die an mir vorüberzogen. Es waren Stimmen von Bürgern einer festen Stadt, die ich von den Straßen hörte. Ich war der unfreiwillige Zuhörer und Zuschauer in der Küche des benachbarten Dorfwirtshauses – für mich ein vollkommen neues Erlebnis. Ich tat einen tiefen Blick in meinen Heimatort. Ich war ziemlich weit in ihn eingedrungen. Niemals vorher hatte ich seine öffentlichen Einrichtungen so recht gesehen. Das Gefängnis ist eine seiner typischen Einrichtungen, denn es ist eine Kreisstadt. Ich begann zu verstehen, worum es ihren Einwohnern zu tun war.

Am Morgen schob man unser Frühstück durch ein Loch in der Tür, in kleinen länglich-viereckigen Blechnäpfen, die gerade durchpaßten. Sie enthielten etwa einen Liter Schokolade, braunes Brot und einen eisernen Löffel. Als sie die Gefäße später wiederverlangten, wollte ich Neuling das Brot zurückgeben, das übriggeblieben war; aber mein Genosse beschlagnahmte es und sagte, ich sollte es für den Lunch oder das Dinner aufbewahren. Bald danach ließ man ihn hinaus, um auf einem benachbarten Feld beim Heuen zu helfen, wohin er jeden Tag ging, um erst gegen Mittag zurückzukommen; also wünschte er mir guten Tag und sagte, daß er mich wohl nicht wiedersehen würde.

Als ich aus dem Gefängnis kam – denn jemand trat für mich ein und bezahlte die Steuer –, konnte ich im allgemeinen keine großen Veränderungen bemerken, nicht wie jemand sie fände, wenn er als Jüngling eingesperrt wurde und als wankender, grauhaariger Mann herauskam; und doch hatte sich das Bild in meinen Augen verwandelt – die Stadt, der Staat, das Land –, und es hatte sich mehr verwandelt, als es die Zeit allein hätte bewirken können. Deutlicher als zuvor erkannte ich den Staat, in dem ich lebte. Ich sah auch, inwieweit man meinen Mitmenschen als guten Nachbarn und Freunden trauen konnte; daß nämlich ihre Freundschaft nur für gutes Wetter bestimmt war; daß sie sich nicht besonders bemühten, recht zu tun; daß sie, mit ihren Vorurteilen und ihrem Aberglauben, einer anderen Rasse als ich zugehörten, so anders wie Chinesen oder Malaien; daß sie mit ihren Opfern kein Risiko eingingen, nicht einmal für ihr Eigentum; daß sie nicht gar so edelmütig waren, den Dieb so behandelten wie er sie, und hofften, sie würden sich ihr Seelenheil mit Hilfe von gewissen Gebräuchen und ein paar Gebeten erhalten, und indem sie von Zeit zu Zeit auf einem gewissen geraden, aber nutzlosen Pfad wandelten. Aber vielleicht urteile ich zu schroff über meine Nachbarn; viele von ihnen wissen vielleicht noch nicht einmal, daß sie ein Gefängnis in ihrem Ort haben.

Früher war es Sitte in unserer Stadt, daß die Bekannten eines armen Schuldners diesen begrüßten, wenn er aus dem Gefängnis kam, wobei sie durch die Finger sahen, die sie gekreuzt hielten, um das Gitter des Gefängnisses darzustellen: »Guten Tag, wie geht's?« Meine Nachbarn begrüßten mich nicht in dieser Weise, sondern sie sahen erst mich an, dann einander, so, als ob ich von einer langen Reise zurückgekehrt wäre. Ich wurde ins Gefängnis gesteckt, als ich gerade auf dem Weg zum Schuster war, um einen geflickten Schuh dort abzuholen. Als ich am nächsten Morgen herauskam, setzte ich diesen Gang fort, zog meinen geflickten Schuh an und stieß zu einer Gruppe von Heidelbeersammlern, die schon darauf warteten, von mir angeführt zu werden. In einer halben Stunde – denn das Pferd war rasch angeschirrt – waren wir mitten in den Heidelbeeren auf einem unserer höchsten Hügel, sieben Meilen abseits, und vom Staat war nichts mehr zu sehen.

Dies ist die ganze Geschichte, soweit es »Meine Gefängnisse« betrifft. Ich habe mich nie geweigert, die Straßensteuer zu bezahlen; denn ich will so gerne ein guter Nachbar sein wie ein schlechter Untertan.

Was die Unterstützung der Schulen angeht, so leiste ich schon meinen Teil, um meine Landsleute zu unterrichten. Nicht wegen eines bestimmten Postens in der Steuerrechnung lehne ich es ab, sie zu bezahlen. Was ich will, ist: dem Staat Gefolgschaft verweigern, mich von dieser Pflicht zurückziehen und über ihr stehen. Mich interessiert es nicht, wo mein Dollar hingeht, solange er nicht einen Mann und ein Gewehr kauft, um jemanden zu erschießen. Der Dollar ist unschuldig; mich beschäftigt vielmehr die Folge meiner Treue als Untertan. Ja, ich erkläre dem Staat den Krieg, ruhig, wie es meine Art ist, wenngleich ich noch immer soviel Vorteil und

Nutzen wie möglich aus ihm ziehen will, wie das in solchen Fällen Brauch ist.

Wenn andere aus Sympathie für den Staat die Steuer bezahlen, die von mir gefordert wird, dann tun sie nur, was sie in ihrem eigenen Fall schon getan haben, oder vielmehr, sie leisten der Ungerechtigkeit noch mehr Vorschub, als der Staat verlangt. Wenn sie die Steuer aus einem mißverstandenen Interesse für das besteuerte Individuum bezahlen, um dessen Eigentum zu schützen oder um zu verhindern, daß es ins Gefängnis muß, so nur, weil sie nicht weise erwogen haben, wie weit sie mit ihren privaten Gefühlen dem öffentlichen Wohl in die Quere kommen dürfen.

So ist also meine gegenwärtige Lage. Aber man kann in so einem Fall nicht vorsichtig genug sein, damit das Handeln nicht einseitig von Starrsinn oder untunlicher Rücksicht auf die Meinung der Leute bestimmt werde. Man muß zusehen, daß man tut, was einem selbst und der Stunde angemessen ist.

Manchmal denke ich, die Leute wollen schon das Gute, sie sind nur unwissend; sie würden besser handeln, wenn sie nur wüßten, wie: Warum bringst du deine Nachbarn in diese Notlage, daß sie dich anders behandeln müssen, als sie möchten? Aber dann wieder denke ich, das ist kein Grund, daß du tust, was sie tun, oder andere eine ganz andersartige Not leiden läßt. Manchmal aber sage ich wieder zu mir, wenn viele Millionen Menschen ohne Zorn, ohne bösen Willen, ohne irgendwelche persönlichen Gefühle nur ein paar Schillinge verlangen und wenn sie – nach der Verfassung – ihre Forderung nicht verändern oder rückgängig machen können und wenn du auf deiner Seite nicht andere Millionen anrufen kannst, warum setzt du dich dann dieser rohen Übermacht aus? Du widerstehst doch auch der Kälte und dem Hunger nicht mit solcher Sturheit; du unterwirfst dich ruhig tausend ähnlichen Notwendigkeiten. Du hältst deinen Kopf auch nicht ins Feuer. Aber eben in dem Maß, in dem ich sie nicht nur als rohe Gewalt, sondern auch als menschliche Macht betrachte, und da ich bedenke, daß ich ein Verhältnis zu diesen Millionen habe wie zu ebenso vielen Menschen – nicht wie zu rohen und unbelebten Sachen nur –, sehe ich doch, daß ein Appell möglich ist; erstens, und unmittelbar, von ihnen an ihren Schöpfer, zweitens untereinander. Wenn ich aber meinen Kopf leichtsinnig ins Feuer halte, dann gibt es keinen Appell an das Feuer oder an den Schöpfer des Feuers, und ich bin nur selbst daran schuld. Könnte ich mich nur überreden, daß ich Grund habe, mit der Verfassung der Menschen zufrieden zu sein und entsprechend mit ihnen umzugehen, anstatt meinen Forderungen und Erwartungen entsprechend, ich würde mich ja wie ein guter Muselmane und Fatalist mit dem gegenwärtigen Zustand begnügen und sagen, das sei Gottes Wille. Jedoch *ihrer* Macht kann ich mit Erfolg entgegentreten, anders als einer rohen Naturkraft; die Natur der Steine, Bäume und Tiere zu ändern wie Orpheus, kann ich dagegen nicht erhoffen.

Ich möchte mit keinem Menschen und keinem Land Streit anfangen. Ich will keine Haarspalterei betreiben, nicht übergenau sein oder mich für besser als meine Nachbarn halten. Ich suche ja gerade nach einer Ausrede, um mich den Gesetzen des Landes anzupassen. Ich habe sogar Grund, mir selbst deshalb zu mißtrauen. Jedes Jahr, wenn der Steuereinnehmer herumgeht, finde ich mich sehr geneigt, die Taten und die Haltung der Bundesregierung und des Staates zu begutachten und den Geist des Volkes, um einen Vorwand für meine Anpassung zu entdecken.

Wir sollen unser Land wie unsere Eltern lieben.
Und wenn zu Zeiten wir die Liebe,
Den guten Willen von dieser Ehrenpflicht abwenden,
Sollen wir die Folgen hinnehmen und der Seele
In Verantwortung und Glauben Unterricht erteilen
Und nicht nach Herrschaft oder Vorteil streben.

Ich glaube fest, daß der Staat mir bald alle diese Sorgen abnehmen wird, und dann werde ich eben kein besserer Patriot als meine Landsleute sein. Von einem tiefergelegenen Blickpunkt aus ist die Verfassung sehr gut – bei allen ihren Fehlern –, das Gesetz und die Gerichte sind achtenswert, sogar der Staat und die amerikanische Regierung sind in vieler Hinsicht zu bewundern, etwas Seltenes, Dankenswertes, wie viele es auch beschrieben haben. Von einem höheren Standpunkt gesehen aber sind sie so, wie *ich* sie beschrieben habe. Wer aber kann sagen, was sie von einem noch höheren und vom höchsten Standpunkt aus wert sind und ob es sich lohnt, sie zu betrachten oder über sie nachzudenken? Die Regierung interessiert mich aber nicht besonders, und ich werde so wenig Nachdenken an sie wenden wie irgend möglich. Sogar auf dieser Welt gibt es nicht viele Augenblicke, in denen ich unter einer Regierung lebe. Wenn ein Mensch frei ist in seinen Gedanken, frei in seiner Phantasie und seiner Vorstellung, also in den Dingen, die nie für lange Zeit leblos bei ihm bleiben, dann können unkluge Herrscher oder Reformapostel ihm nie gefährlich in die Quere kommen.

Ich weiß: die meisten Menschen denken anders als ich; die aber, die ihr Leben aus Berufung dem Studium dieser oder verwandter Gegenstände widmen, widersprechen mir weniger als alle anderen. Staatsmänner und Gesetzgeber, die so völlig innerhalb ihrer Institution leben, können sie nie nackt und deutlich erkennen. Sie reden von einer Gesellschaft, die in Bewegung ist, haben aber keinen Ruhepunkt außerhalb derselben. Vielleicht sind es Männer mit Erfahrung und Urteil, sie haben zweifellos geistreiche und sogar nützliche Einrichtungen erfunden, für die wir ihnen aufrichtig danken; aber all ihr Witz und ihre Brauchbarkeit bleiben innerhalb gewisser, nicht sehr ausgedehnter Grenzen. Sie vergessen gerne, daß die Welt nicht von der Politik und der Nützlichkeit regiert wird. Webster betrachtet die Regierung nie von hinten, und so kann er auch nicht glaubwürdig darüber reden. Seine Worte sind Weisheiten für die Gesetzgeber, die nie eine Reform der gegenwärtigen Regierung erwägen; in den Augen denkender Menschen und derjenigen, die Gesetze für alle Zeiten machen, berührt er seinen Gegenstand noch nicht einmal flüchtig. Ich kenne welche, deren klare und weise Überlegungen zu diesem Thema sehr schnell die Grenzen seiner geistigen Weite und Fülle bloßstellen würden. Dennoch, wenn man sie mit den billigen Kundgebungen der meisten Reformer und der noch schäbigeren Weisheit und Zungenfertigkeit der Politiker überhaupt vergleicht, sind seine Worte so ziemlich die einzig vernünftigen und brauchbaren, und wir danken dem Himmel für ihn. Im Vergleich ist er immer noch kräftig, originell und vor allem praktisch. Sein Vorzug jedoch ist nicht Weisheit, sondern Verständigkeit. Die Wahrheit eines Advokaten ist nicht Wahrheit, sondern Konsequenz oder eine konsequente Zweckmäßigkeit. Wahrheit ist immer mit sich selbst im Einklang, es ist ihr nicht hauptsächlich darum zu tun, welche rechtliche Konsequenz eine Übeltat hat. Webster verdient den Beinamen, den man ihm gegeben hat: »Verteidiger der Verfassung«. Er kann in Wirklichkeit keine Vorstöße unternehmen, er kann nur verteidigen. Er ist kein Anführer, sondern ein Gefolgsmann. Seine Anführer sind die Männer von '87. »Nie habe ich mich bemüht«, sagt er, »und nie schlage ich vor, daß man sich bemühe; ich habe nie Anstalten gemacht, mich zu bemühen, und ich werde nie welche machen, um das Übereinkommen zu schwächen, durch welches die verschiedenen Staaten in einem Bund zusammenkamen.« Wenn er daran denkt, daß die Verfassung die Sklaverei bestätigt, erklärt er: »Da es zu dem ursprünglichen Vertrag gehört – laßt es dabei.« Er kann eben, trotz seiner besonderen Aufgeschlossenheit und Befähigung, einen Tatbestand nicht aus den politischen Bezügen herauslösen und ihn vorbehaltlos und vernünftig betrachten. Wie kann ein Mensch hier in Amerika darauf verfallen, in Sachen Sklaverei eine derart notdürftige Antwort zu geben und dann noch zu behaupten, er spräche unabhängig und als Privatmann! Und daraus soll sich dann ein neues Gesetzbuch der gesellschaftlichen Pflichten entwickeln! Er sagt: »Wie die Regierung von Staaten, in denen es Sklaverei gibt, diese ausüben, richtet sich nach ihren Ansichten, ihrem Verantwortungsbewußtsein gegenüber ihren Grundsätzen, ihren Gesetzen in Dingen des Eigentums, der Menschlichkeit und der Gerechtigkeit und der Verantwortung gegenüber Gott. Vereinigungen, die anderswo aus einem Gefühl für Menschlichkeit oder aus anderen Gründen entstehen, haben nicht das geringste damit zu tun. Ich habe sie nie ermutigt und werde sie auch nie ermutigen.«

Es ist eben so: diejenigen, welche keine reinere Quelle der Wahrheit kennen, die ihre Spuren nicht weiter stromaufwärts verfolgt haben, bleiben bei ihrer Bibel und Verfassung und schlürfen sie in Ehrerbietung und Demut; die aber, welche sehen, wie die Wahrheit als dünnes Rinnsal in diesen See oder diese Pfütze einmündet, krempeln ihre Kleider noch einmal auf und wandern weiter ihrem Ursprung zu.

Für die Gesetzgebung ist in Amerika kein Genie erschienen. Die findet man ohnehin selten in der Weltgeschichte. Es gibt Rhetoren, Politiker und mundfertige Leute zu Tausenden. Aber der Redner hat seinen Mund noch nicht geöffnet, der fähig wäre, die umstrittenen Fragen des Tages zu klären. Wir schätzen die Beredsamkeit um ihrer selbst willen, nicht wegen irgendwelcher Wahrheiten, die sie vielleicht äußern könnte, oder wegen eines Heldensinns, den sie vielleicht in uns weckt. Unsere Volksvertreter haben den Wert des freien Handelns, der Freiheit, der Gemeinsamkeit und der Rechtlichkeit für eine Nation noch nicht schätzen gelernt. Sie haben nicht einmal Talent oder Befähigung für verhältnismäßig bescheidene Angelegenheiten der Besteuerung, des Geldwesens, des Handels, der Industrie und Landwirtschaft. Wenn wir uns zu unserer Führung nur auf die wortreiche Schlauheit unserer Kongreß-Abgeordneten verlassen wollten, ohne daß diese durch die abgeklärte Erfahrung und wirksame Beschwerden des Volkes in die rechte Bahn geleitet würde, dann würde Amerika seinen Rang unter den Nationen nicht lange behalten. Achthundert Jahre hat man am Neuen Testament geschrieben – obwohl ich vielleicht kein Recht habe, darauf hinzuweisen; aber wo ist der Volksvertreter, der genug Talent hat, das Licht zu nutzen, das es auf die Wissenschaft der Gesetzgebung wirft?

Die rechtmäßige Regierungsgewalt, auch von der Art, welcher ich mich gerne unterwerfe – denn ich gehorche leichten Herzens denen, die mehr wissen und besser handeln als ich, und in vielen Stücken auch denen, die nicht einmal mehr wissen und besser handeln –, diese Regierungsgewalt ist immer unvollständig: um nämlich unbedingt gerecht zu sein, muß sie Vollmacht und Zustimmung der Regierten haben. Sie kann kein umfassendes Recht über mich und mein Eigentum haben, sondern nur so weit, wie ich zustimme. Der Fortschritt von einer absoluten zu einer beschränkten Monarchie, von einer beschränkten Monarchie zur Demokratie ist ein Fortschritt in Richtung auf wahre Achtung vor dem Individuum. Sogar der chinesische Philosoph war weise genug, das Individuum als die Grundlage des Reiches anzusehen. Ist die Demokratie, wie wir sie kennen, wirklich die letztmögliche Verbesserung im Regieren? Ist es nicht möglich, noch einen Schritt weiter zu gehen bei der Anerkennung und Kodifizierung der Menschenrechte? Nie wird es einen wirklich freien und aufgeklärten Staat geben, solange sich der Staat nicht bequemt, das Individuum als größere und unabhängige Macht anzuerkennen, von welcher all seine Macht und Gewalt sich ableiten, und solange er den Einzelmenschen nicht entsprechend behandelt. Ich mache mir das Vergnügen, mir einen Staat vorzustellen, der es sich leisten kann, zu allen Menschen gerecht zu sein, und der das Individuum achtungsvoll als Nachbarn behandelt; einen Staat, der es nicht für unvereinbar mit seiner Stellung hielte, wenn einige ihm fernblieben, sich nicht mit ihm einließen und nicht von ihm einbezogen würden, solange sie nur alle nachbarlichen, mitmenschlichen Pflichten erfüllten. Ein Staat, der solche Früchte trüge und sie fallen ließe, sobald sie reif sind, würde den Weg für einen vollkommeneren und noch ruhmreicheren Staat freigeben – einen Staat, den ich mir auch vorstellen kann, den ich bisher aber noch nirgends gesehen habe.

Leben ohne Grundsätze

Life without Principle
»Atlantic Monthly«, Boston, Oktober 1863

In einem Lyceum merkte ich unlängst, daß der Vortragende ein Thema gewählt hatte, das ihm selbst zu fern lag, und so weckte er mein Interesse nicht in dem Maße, wie er es hätte tun können. Er beschrieb Dinge, die nicht in seinem Herzen waren oder ihm nahe, sondern in seinen Extremitäten, an seiner Oberfläche. Es gab in diesem Sinn keinen wirklich zentralen oder einigenden Gedanken in dem Vortrag. Mir wäre es lieber gewesen, er hätte sich mit seinen geheimsten Erfahrungen befaßt, wie es der Dichter tut. Das größte Kompliment, das mir je gemacht wurde, bekam ich, als mich jemand fragte, *was ich dächte*, und sich für meine Antwort interessierte. Ich bin überrascht und erfreut, wenn das geschieht – es ist ein so seltener Gebrauch, den man von mir macht, so, als ob man mit einem Werkzeug vertraut wäre. Gewöhnlich, wenn die Leute etwas von mir wollen, geht es nur darum, wie viele Morgen ich aus ihrem Land mache – weil ich Landvermesser bin –, oder höchstens darum, welche belanglosen Nachrichten ich mir aufgebürdet habe. Sie gehen nie vor Gericht wegen meines Fleisches; sie ziehen die Schale vor. Einmal kam ein Mann von ziemlich weit her, um mich zu bitten, einen Vortrag über die Sklaverei zu halten; doch als ich mich mit ihm unterhielt, stellte ich fest, daß er und seine Clique erwarteten, daß sieben Achtel des Vortrags ihnen gehörten und nur ein Achtel mir; also lehnte ich ab. Wenn ich irgendwohin zu einem Vortrag eingeladen werde – ich habe einige Erfahrung in diesem Geschäft –, betrachte ich es als selbstverständlich, daß man zu hören wünscht, was *ich* über einen Gegenstand *denke*, und wäre ich auch der größte Narr im Lande, – und nicht, daß ich nur angenehme Dinge sage oder solche, denen das Publikum zustimmen wird; also nehme ich mir vor, ihnen eine starke Dosis meiner selbst zu verabreichen. Sie haben nach mir geschickt und sich verpflichtet, mich zu bezahlen, und ich bin entschlossen, daß sie mich bekommen sollen, auch wenn ich sie langweile wie niemand zuvor.

So möchte ich euch, meinen Lesern, jetzt etwas Ähnliches sagen. Da *ihr* meine Leser seid und ich nicht besonders weit gereist bin, werde ich nicht über Leute reden, die tausend Meilen weit weg sind, sondern der Heimat so nahe kommen, wie ich kann. Da die Zeit knapp ist, werde ich alle Schmeichelei fort- und alle Kritik stehenlassen.

Denken wir darüber nach, wie wir unser Leben zubringen.

Diese Welt ist ein Ort des Geschäfts. Was für ein ungeheures Getöse! Ich werde fast jede Nacht wach vom Keuchen der Lokomotive. Es stört meine Träume. Es gibt keinen Sonntag. Es wäre herrlich, die Menschheit einmal in Muße zu sehen. Da ist nichts als Arbeit, Arbeit, Arbeit. Ich kann kaum ein Notizbuch kaufen, um Gedanken einzutragen; sie sind für gewöhnlich mit Linien versehen für Dollars und Cents. Ein Ire, der sah, wie ich mir auf dem Feld eine Notiz machte, betrachtete es als selbstverständlich, daß ich gerade meinen Lohn ausrechnete. Wenn ein Mensch als Kind aus einem Fenster geworfen und so fürs Leben zum Krüppel gemacht worden ist oder von den Indianern große Angst eingejagt bekommen hat, wird das hauptsächlich deshalb bedauert, weil er dadurch untauglich gemacht wurde fürs – Geschäft! Ich glaube, es gibt nichts, nicht einmal das Verbrechen, was der Dichtung, der Philosophie, ja, dem Leben selbst so entgegengesetzt ist wie dieses unablässige Geschäft.

Es gibt am Rande unserer Stadt einen ungehobelten und lärmenden Geldscheffler, der sich unter dem Berg, seinen Wiesenrain entlang, einen Damm bauen will. Einflußreiche Leute haben ihm das in den Kopf gesetzt, um ihn für eine Weile zu beschäftigen, und nun möchte er, daß ich drei Wochen lang dort mit ihm zusammen grabe. Das Ergebnis wird sein, daß er vielleicht noch etwas mehr Geld bekommt, das er horten und seinen Erben hinterlassen kann, damit sie es unüberlegt ausgeben. Wenn ich das tue, werden mich die meisten als einen fleißigen und hart arbeitenden Menschen loben; wenn ich es aber vorziehe, mich gewissen Arbeiten zu widmen, die mehr wahren Gewinn bringen, wenn auch nur wenig Geld, werden sie wahrscheinlich geneigt sein, mich als Müßiggänger zu betrachten. Dennoch, da ich nicht die Ordnung einer sinnlosen Arbeit brauche, um mich zu lenken, und da ich absolut nichts Lobenswertes in dem Unternehmen dieses Menschen sehe – ebensowenig wie in vielen Unternehmen unserer eigenen oder auswärtiger Regierungen –, wie ergötzlich es für ihn oder sie auch sein mag, beende ich meine Ausbildung lieber in einer anderen Schule.

Wenn ein Mensch die Hälfte eines jeden Tages damit zubringt, in den Wäldern spazierenzugehen, weil er sie liebt, läuft er Gefahr, als Faulenzer angesehen zu werden; aber wenn er seinen ganzen Tag als Spekulant vertut, der diese Wälder abhauen und die Erde vorzeitig kahl werden läßt, wird er hoch geachtet als fleißiger und unternehmender Bürger. Als ob die Stadt kein anderes Interesse an ihren Wäldern hätte, als sie abzuholzen!

Die meisten Menschen würden sich beleidigt fühlen, wenn man ihnen als Beschäftigung vorschlüge, Steine über eine

Mauer zu werfen und sie dann wieder zurückzuwerfen, nur damit sie vielleicht ihren Lohn verdienten. Aber heute haben viele keine würdigere Beschäftigung. Ein Beispiel: Eines Sommermorgens, kurz nach Sonnenaufgang, sah ich einen meiner Nachbarn neben seinem Gespann hergehen, das langsam einen unter der Achse befestigten schweren behauenen Stein zog, umgeben von einer Atmosphäre der Betriebsamkeit – seine Tagesarbeit hatte begonnen. Der Schweiß trat ihm auf die Stirn – ein Vorwurf gegen alle Faulpelze und Müßiggänger –, er hielt inne neben den Schultern seiner Ochsen, wandte sich halb um, seine gnädige Peitsche schwingend, während sie an ihm vorbeizogen. Und ich dachte, das ist nun die Arbeit, zu deren Schutz der Amerikanische Kongreß besteht: ehrliche, mannhafte Plackerei – so ehrlich, wie der Tag lang ist –, die ihm das Brot schmecken läßt und die Gesellschaft für ihn einnimmt – die alle Menschen achten und geheiligt haben: einer aus der heiligen Schar derer, die die notwendige, aber lästige Schinderei auf sich nehmen. Tatsächlich empfand ich einen leisen Vorwurf, weil ich das Ganze von einem Fenster aus beobachtete und mich nicht draußen bei einem ähnlichen Geschäft rührte. Der Tag verging, und am Abend kam ich am Hof eines anderen Nachbarn vorüber, der viele Dienstboten hält und viel Geld auf törichte Art ausgibt, während er dem Gemeingut nichts hinzufügt, und dort sah ich den Stein vom Morgen neben einem seltsamen Bau liegen, dazu bestimmt, das Grundstück dieses Lord Timothy Dexter zu schmücken, und in meinen Augen schwand sogleich alle Würde aus des Fuhrmanns Arbeit. Nach meiner Ansicht wurde die Sonne gemacht, um auf ehrenwertere Plackerei als auf diese zu scheinen. Ich darf hinzufügen, daß sich dieser Arbeitgeber – verschuldet an einen großen Teil der Stadt – inzwischen davongemacht und nach einem Konkursverfahren anderswo niedergelassen hat, um dort wiederum ein Förderer der Künste zu werden.

Die Wege, auf denen ihr zu Geld kommen könnt, führen

fast ausnahmslos nach unten. Etwas getan zu haben, wodurch ihr *nur* Geld verdient habt, heißt wahrhaftig müßig gewesen zu sein – oder Schlimmeres. Wenn der Arbeiter nicht mehr bekommt als den Lohn, den ihm sein Arbeitgeber zahlt, wird er betrogen, betrügt er sich selbst. Wenn man als Schriftsteller oder Redner zu Geld kommen will, muß man populär sein, und das ist: senkrechter Abstieg. Jene Dienste, für die die Gesellschaft am bereitwilligsten zahlt, sind am unangenehmsten zu leisten. Du wirst dafür bezahlt, etwas weniger zu sein als ein Mensch. Der Staat belohnt ein Genie für gewöhnlich nicht weiser. Selbst der Poeta laureatus sähe es lieber, müßte er nicht die Ereignisse in Fürstenhäusern feiern. Er muß mit einem Schlauch Wein bestochen werden; und vielleicht wird gar ein anderer Dichter von seiner Muse weggerufen, um ebendiesen Schlauch zu eichen. Was mein eigenes Geschäft angeht, so wollen meine Auftraggeber die Art von Landvermessung, die mich am meisten befriedigen würde, nicht haben. Sie würden es vorziehen, wenn ich meine Arbeit ungenau und nicht zu gut, ja, nicht gut genug machte. Wenn ich sage, daß es unterschiedliche Arten der Landvermessung gibt, fragt mich mein Auftraggeber gewöhnlich, welche ihm das meiste Land einbringt, nicht, welche am genauesten ist. Ich habe einmal einen Meßstab zum Abmessen von Klafterholz erfunden und versucht, ihn in Boston einzuführen; aber der Vermesser dort sagte mir, die Verkäufer wünschten nicht, daß ihr Holz richtig abgemessen werde – daß schon er für sie zu genau sei und sie sich deshalb ihr Holz gewöhnlich in Charlestown abmessen ließen, ehe sie die Brücke überschritten.

Das Ziel des Arbeiters sollte nicht sein, daß er sich seinen Lebensunterhalt verdient und »einen guten Job« bekommt, sondern daß er eine bestimmte Arbeit gut ausführt; und sogar in finanzieller Hinsicht wäre es eine Ersparnis für eine Stadt, wenn sie ihre Arbeiter so gut bezahlte, daß sie nicht das Gefühl hätten, für niedere Zwecke, zum Beispiel nur für ihren Lebensunterhalt, zu arbeiten, sondern für wissenschaftliche oder gar moralische Zwecke. Stellt nicht den Mann ein, der eure Arbeit um des Geldes willen tut, sondern den, der sie aus Liebe zur Sache tut.

Es ist bemerkenswert, daß es nur wenige Leute gibt, die so gut und ihren Vorstellungen entsprechend beschäftigt sind, daß nicht ein bißchen Geld oder Ruhm sie gewöhnlich von ihrer gegenwärtigen Betätigung loskaufen könnte. Ich sehe Anzeigen, in denen nach *aktiven* jungen Männern gesucht wird, als ob Aktivität das ganze Kapital eines jungen Mannes wäre! Doch bin ich immer überrascht gewesen, wenn mir, einem erwachsenen Mann, jemand zuversichtlich vorschlug, in eines seiner Unternehmen einzusteigen, als ob ich absolut nichts zu tun hätte und mein Leben bisher ein vollständiger Fehlschlag gewesen sei. Was für ein zweifelhaftes Kompliment für mich! Als ob er mir mitten auf dem Ozean begegnet wäre, wie ich gegen den Wind segelte, aber ohne Ziel, und mir vorgeschlagen hätte, mich ihm anzuschließen! Wenn ich es täte, was glaubt ihr, würden die Versicherer sagen? Nein, nein! Ich bin nicht ohne Beschäftigung in diesem Stadium der Reise. Um die Wahrheit zu sagen: Ich sah einmal, als ich als Junge durch meinen Heimathafen bummelte, eine Anzeige, mit der man Vollmatrosen suchte, und sobald ich volljährig war, schiffte ich mich ein.

Die Gesellschaft hat keinerlei Bestechungsmittel, einen weisen Menschen in Versuchung zu führen. Ihr könnt vielleicht genug Geld aufbringen, um einen Tunnel durch einen Berg zu bauen, aber ihr könnt nicht genug Geld aufbringen, einen Menschen einzustellen, der sich um *seine eigenen* Angelegenheiten kümmert. Ein fähiger und wertvoller Mensch tut, was er kann, ob ihn die Gesellschaft dafür bezahlt oder nicht. Die Unfähigen bieten ihre Unfähigkeit dem Meistbietenden an und erwarten immer, in ein Amt eingesetzt zu werden. Man darf annehmen, daß sie selten enttäuscht worden sind.

Vielleicht bin ich mehr als gewöhnlich auf meine »Freiheit« bedacht. Ich glaube, daß meine Beziehung zur Gesellschaft und meine Verpflichtung gegen sie noch sehr leicht und flüchtig sind. Die geringfügigen Arbeiten, die mir einen Lebensunterhalt gewähren und durch die ich meinen Mitmenschen einigermaßen nützlich sein kann, machen mir bisher im allgemeinen Vergnügen, und ich werde nicht oft daran erinnert, daß sie eine Notwendigkeit sind. Bisher bin ich erfolgreich. Aber ich sehe voraus, daß, sollten meine Bedürfnisse sehr zunehmen, die Arbeit, die nötig wäre, sie zu befriedigen, zur Schinderei werden würde. Wenn ich der Gesellschaft sowohl meine Vormittage als auch meine Nachmittage verkaufte, wie es die meisten zu tun scheinen, dann bliebe für mich sicher nichts mehr übrig, für das zu leben sich lohnte. Ich hoffe, daß ich so nie meine Erstgeburt für ein Linsengericht verkaufen werde. Ich möchte behaupten, daß ein Mensch sehr fleißig sein kann, ohne daß er seine Zeit gut nützt. Es gibt keinen schlimmeren Tölpel als den, der den größeren Teil seines Lebens damit vergeudet, sich seinen Lebensunterhalt zu verdienen. Alle großen Unternehmungen tragen sich selbst. Der Dichter zum Beispiel muß seinen Körper durch seine Dichtkunst erhalten, so wie eine Dampfhobelwerkstatt ihre Kessel mit den Spänen heizt, die sie erzeugt. Ihr müßt euch euren Lebensunterhalt durch Lieben verdienen. Aber wie man von den Kaufleuten sagt, daß siebenundneunzig von hundert scheitern, so ist nach diesem Maßstab das Leben der Menschen im allgemeinen ein Scheitern, und der Bankrott kann mit Sicherheit prophezeit werden.

Nur auf die Welt zu kommen als Erbe eines Vermögens heißt: nicht geboren zu sein, oder vielmehr: tot geboren zu sein. Von Almosen von Freunden oder von einer Staatsrente zu leben – vorausgesetzt, ihr atmet weiter – heißt, ins Armenhaus zu gehen, wie schön ihr diese Verhältnisse auch umschreiben mögt. Sonntags geht der arme Schuldner in die Kirche, um Bilanz zu ziehen, und stellt natürlich fest, daß seine Ausgaben größer waren als seine Einnahmen. Besonders in der katholischen Kirche tritt man vors Gericht, legt eine umfassende Beichte ab, gibt alles preis und denkt an einen neuen Anfang. So liegen die Menschen längelang am Boden, reden vom Sündenfall und machen nie einen Versuch aufzustehen.

Vergleicht man die Ansprüche, die die Menschen an das Leben stellen, so zeigt sich ein wichtiger Unterschied: von zweien ist der eine zufrieden mit einem mäßigen Erfolg, mit Zielen, die alle auf kürzeste Entfernung zu treffen sind, während der andere, wie niedrig und erfolglos sein Leben auch sein mag, sein Ziel ständig erhöht, wenn auch in sehr flachem Winkel gegen den Horizont. Ich wollte viel lieber der letztere sein – obwohl, wie man im Orient sagt, »Größe nicht zu dem kommt, der stets nach unten blickt; und alle, die hoch hinaufblicken, arm werden«.

Es ist bemerkenswert, daß wenig oder nichts Denkwürdiges darüber geschrieben wurde, wie man seinen Lebensunterhalt bestreitet; wie man das Bestreiten des Lebensunterhalts nicht nur ehrlich und ehrenwert, sondern ganz und gar verlockend und ruhmvoll macht, denn wenn es der Lebensunterhalt nicht ist, dann ist es das Leben nicht. Sieht man sich die Literatur an, so könnte man denken, daß diese Frage niemals einen einzigen Menschen in seinen Betrachtungen gestört hätte. Rührt das daher, daß die Menschen ihre Erfahrungen zu sehr verabscheuen, um davon zu sprechen? Die wertvolle Lehre, die das Geld uns erteilt und die uns beizubringen der Schöpfer des Universums sich so große Mühe gegeben hat, sind wir geneigt, gänzlich zu übersehen. Was die Mittel zum Leben angeht, so ist es erstaunlich, wie gleichgültig die Menschen aller Klassen – selbst sogenannte Reformer – dagegen sind, ob sie sie erben, verdienen oder stehlen. Ich denke, daß die Gesellschaft in dieser Hinsicht nichts für uns getan hat, oder sie hat zumindest ungeschehen gemacht, was sie getan hat. Kälte und Hunger erscheinen meiner Natur freundlicher als die Methoden, die

Menschen sich zu eigen gemacht haben und anraten, um jene abzuwehren.

Die Bezeichnung *weise* wird meistens falsch verwendet. Wie kann einer ein weiser Mensch sein, wenn er nicht besser als andere zu leben versteht, wenn er nur schlauer und durchtriebener ist? Arbeitet die Weisheit in einer Tretmühle? Oder lehrt sie *durch ihr Beispiel*, erfolgreich zu sein? Gibt es so etwas wie Weisheit, die sich nicht aufs Leben bezieht? Ist sie nur der Müller, der die feinste Logik mahlt? Ist es richtig zu fragen, ob Plato seinen *Lebensunterhalt* auf bessere Art oder erfolgreicher bestritt als seine Zeitgenossen – oder erlag er den Schwierigkeiten des Lebens wie andere Menschen? Schien er sich gegen einige von ihnen nur durch Gleichgültigkeit zu behaupten oder durch imposantes Auftreten? Oder fand er das Leben leichter, weil seine Tante ihn in ihrem Testament bedacht hatte? Die Art und Weise, wie die meisten Menschen ihren Lebensunterhalt bestreiten, das heißt, wie sie leben, ist bloßer Notbehelf, ein Ausweichen vor dem wirklichen Geschäft des Lebens – hauptsächlich, weil sie es nicht besser wissen, aber zum Teil auch, weil sie es nicht besser wollen.

Der Ansturm auf Kalifornien zum Beispiel und die Haltung nicht nur von Kaufleuten, sondern auch von sogenannten Philosophen und Propheten dazu bringen die größte Schande über die Menschheit. Daß so viele bereit sind, vom Glück zu leben und so die Mittel zu erlangen, um über die Arbeit von anderen, weniger Glücklichen zu verfügen, ohne irgendeinen Beitrag für die Gesellschaft zu leisten! Und das nennt man Unternehmungsgeist! Ich kenne keine bestürzendere Entwicklung der Unmoral des Handels und all der gewöhnlichen Arten, den Lebensunterhalt zu bestreiten. Die Philosophie und die Dichtkunst und die Religion einer solchen Menschheit sind nicht den Staub eines Bovists wert. Das Schwein, das sich ernährt, indem es die Erde aufwühlt, würde sich solcher Gesellschaft schämen. Und wenn ich über den Reichtum der ganzen Welt durch einen Wink meines Fingers gebieten könnte, ich würde nicht einen *solchen* Preis dafür zahlen. Selbst Mohammed wußte, daß Gott diese Welt nicht im Scherz erschuf. Hier aber macht man Gott zu einem vermögenden Herrn, der eine Handvoll Pennies umherstreut, um zu sehen, wie die Menschen sich darum balgen. Die Verlosung der Welt! Ein Auskommen im Reich der Natur ein Ding, das man durchs Los zu gewinnen sucht! Was für ein Kommentar, was für eine Satire auf unsere Institutionen! Der Schluß wird sein, daß sich die Menschheit an einem Baum aufhängt. Und haben all die Gebote in all den Bibeln die Menschen nur dies gelehrt? Und ist die letzte und bewunderungswürdigste Erfindung der menschlichen Rasse nichts als eine verbesserte Mistgabel? Ist das der Boden, auf dem sich der Osten und der Westen treffen? Hat Gott uns gesagt, wir sollten unseren Lebensunterhalt bestreiten, indem wir graben, wo wir nie gepflanzt haben – und ER würde uns vielleicht mit Goldklumpen belohnen?

Gott gab dem redlichen Mann einen Berechtigungsschein für Nahrung und Kleidung, aber der unredliche Mann fand ein Faksimile davon in Gottes Schatzkammer, eignete es sich an und bekam dafür Nahrung und Kleidung wie der erste. Das ist eines der ausgedehntesten Fälschungssysteme, die die Welt je gesehen hat. Ich wußte nicht, daß die Menschheit leidet aus Mangel an Gold. Ich habe ein wenig davon gesehen. Ich weiß, daß es gut formbar ist, aber nicht so gut formbar wie Klugheit. Ein Gran Gold vergoldet eine große Fläche, aber nicht so viel wie ein Gran Weisheit.

Der Goldgräber in den Schluchten der Berge ist genauso ein Spieler wie sein Genosse in den Saloons von San Francisco. Was macht es für einen Unterschied, ob du Erde rüttelst oder Würfel schüttelst? Wenn du gewinnst, ist die Gesellschaft der Verlierer. Der Goldgräber ist der Feind des ehrlichen Arbeiters, welche Kontrollen, welchen Ausgleich es auch geben mag. Es genügt nicht, wenn du mir sagst, daß du hart gearbeitet hast für dein Gold. Der Teufel arbeitet auch hart. Der Weg von Übeltätern mag in vieler Hinsicht hart sein. Der bescheidenste Beobachter, der in die Minen geht, wird sehen und sagen, daß die Goldgräberei ihrer Natur nach eine Lotterie ist; das so erlangte Gold ist nicht dasselbe wie der Lohn ehrlicher Arbeit. Praktisch aber vergißt er, was er gesehen hat, denn er hat nur die Tatsache gesehen, nicht das Grundsätzliche, fängt dort ein Gewerbe an, das heißt, er kauft sich ein Los für etwas, das sich gewöhnlich auch als Lotterie erweist, nur daß die Tatsache nicht so offensichtlich ist.

Als ich eines Abends Howitts Bericht über die australischen Goldfelder gelesen hatte, stand mir die ganze Nacht hindurch alles vor meinem geistigen Auge: die vielen Täler mit ihren Bächen, alle durchschnitten von schlammigen Gruben, zehn bis einhundert Fuß tief und ein halbes Dutzend Fuß breit, so nahe beieinander wie nur möglich und zum Teil mit Wasser gefüllt – der Ort, zu dem die Männer wie rasend stürzen, um ihr Glück zu suchen, nicht sicher, wo sie graben sollen, ungewiß, ob das Gold nicht direkt unter ihrem Lager ist, manchmal einhundertsechzig Fuß grabend, bevor sie die Ader treffen, oder sie dann um einen Fuß verfehlend, in Dämonen verwandelt und in ihrer Gier nach Reichtum gleichgültig gegen die Rechte der anderen –, ganze Täler, dreißig Meilen weit, plötzlich wabenartig durchlöchert von den Gruben, in denen Hunderte ertrinken; im Wasser stehend, von Schlamm und Lehm bedeckt, arbeiten sie Tag und Nacht und sterben durch die Unbilden der Witterung und durch Krankheit. Nachdem ich das gelesen und zum Teil wieder vergessen hatte, mußte ich auch an mein eigenes unbefriedigendes Leben denken und daran, daß ich es machte wie die anderen; und dieses Bild von den Schürffeldern noch vor Augen, fragte ich mich, warum *ich* nicht täglich etwas Gold waschen könne, und wären es auch nur die feinsten Spuren, – warum *ich* nicht einen Schacht zu dem Gold in mir graben und diese Mine abbauen könne. *Das* ist dein Ballarat, dein Bendigo – und wenn es nur ein trübes Loch wäre? Auf jeden Fall könnte ich einem Pfad folgen, wie einsam und schmal und gewunden er auch sei, auf dem ich in Liebe und Ehrfurcht wandern könnte. Wo immer ein Mensch sich von der Menge trennt und in dieser Stimmung seinen eigenen Weg geht, da ist tatsächlich eine Weggabelung, auch wenn gewöhnliche Reisende vielleicht nur eine Lücke im Zaun sehen. Sein einsamer Pfad querfeldein wird sich als der *bessere Weg* von beiden erweisen.

Die Menschen stürmen nach Kalifornien und Australien, als ob das wahre Gold in dieser Richtung zu finden wäre; aber der Fundort liegt genau am entgegengesetzten Ende. Sie schürfen in immer größerer Entfernung von der wahren Ader und sind gerade dann am unglücklichsten, wenn sie am erfolgreichsten zu sein glauben. Ist nicht unsere *heimatliche* Erde goldhaltig? Fließt nicht ein Bach von den goldenen Bergen durch unser Heimattal? Und hat nicht er über längere als geologische Zeiträume für uns die glänzenden Spuren heruntergebracht und die Nuggets geformt? Doch es ist seltsam: Wenn ein Goldgräber sich in die unerforschten Einsamkeiten um uns davonstiehlt, um nach diesem wahren Gold zu schürfen, besteht keine Gefahr, daß jemand seinen Schritten folgt oder versucht, ihn zu verdrängen. Er kann sein ganzes Leben lang in Frieden sogar das ganze Tal für sich abstecken und unterhöhlen, sowohl die bebauten als auch die unbebauten Teile, denn niemand wird ihm seinen Claim je streitig machen. Man wird nichts einwenden gegen seine Tröge. Er ist nicht beschränkt auf einen Claim von zwölf Fuß im Quadrat wie in Ballarat, er kann überall graben und die ganze weite Welt in seinem Trog waschen.

Howitt sagt von dem Mann, der das große Nugget, das achtundzwanzig Pfund wog, auf dem Schürffeld von Bendigo in Australien fand: »Er fing bald zu trinken an; nahm sich ein Pferd und ritt überall herum, gewöhnlich in vollem Galopp, und wenn er Leuten begegnete, rief er sie an, um zu fragen, ob sie wüßten, wer er sei, und war dann so liebenswürdig, ihnen mitzuteilen, er sei der arme Hund, der das Nugget gefunden hatte. Schließlich ritt er mit voller Wucht gegen einen Baum und schlug sich fast den Schädel ein.« Ich glaube aber, daß diese Gefahr nicht bestand, denn er hatte sich den Schädel schon am Nugget eingeschlagen. Howitt fügte hinzu: »Er ist ein hoffnungslos ruinierter Mann.« Aber er ist von diesem Schlag. Sie alle sind lose Vögel. Hört euch ein paar Namen der Orte an, wo sie graben: »Eselsniederung«, »Schafskopfrinne«, »Mörderbar« usw. Steckt nicht etwas Satirisches in diesen Namen? Laßt sie ihren unrechtmäßigen Reichtum schaffen, wohin sie wollen, ich denke, es wird noch immer die »Eselsniederung«, wenn nicht gar die »Mörderbar« sein, wo sie leben.

Die letzte Zuflucht für unsere Energie war nun die Plünderung von Friedhöfen auf dem Isthmus von Darien, ein Unternehmen, das erst in den Kinderschuhen zu stecken scheint; denn nach neueren Berichten hat ein Gesetz in zweiter Lesung das Parlament von Neugranada passiert, das diese Art von Bergbau ordnet, und ein Korrespondent der »Tribune« schreibt: »In der Trockenzeit, wenn das Wetter richtige Schürfarbeiten im Lande zuläßt, wird man zweifellos weitere reiche *guacas* (d.h. Friedhöfe) finden.« Den Auswanderern sagt er: »Kommen Sie nicht vor Dezember; geben Sie der Isthmus-Route den Vorzug vor der über die Boca del Toro; führen Sie kein nutzloses Gepäck mit und belasten Sie sich nicht mit einem Zelt; aber zwei gute Decken werden nötig sein; eine Spitzhacke, eine Schaufel und eine Axt aus gutem Material sind fast alles, was gebraucht wird« – Ratschläge, die »Burker's Guide« entnommen sein könnten. Und er schließt mit dieser Zeile in Kursivschrift und Kapitälchen: »*Wenn es Ihnen zu Hause gut geht,* BLEIBEN SIE DORT«, was gut auch so interpretiert werden kann: »Wenn Sie durch Plünderung von Friedhöfen zu Hause Ihr gutes Auskommen haben, bleiben Sie dort.«

Aber wozu in Kalifornien nach einem Thema suchen? Kalifornien ist das Kind Neuenglands, erzogen in dessen Schule und Kirche.

Es ist bemerkenswert, daß es unter all den Predigern so wenige Lehrer der Moral gibt. Die Propheten sind damit beschäftigt, die Sitten der Menschen zu entschuldigen. Ehrwürdige Greise, die *illuminati* dieser Zeit, sagen mir mit einem gütigen, nostalgischen Lächeln zwischen Sehnsucht und Schaudern, ich solle in diesen Dingen nicht so heikel sein, sondern mich mit allem abfinden, das heißt, einen Klumpen Gold aus allem machen. Der höchste Ratschlag, den ich zu diesen Themen gehört habe, war niedrig. Der Kern davon war: Es ist der Mühe nicht wert, daß du es auf dich nimmst, die Welt in diesem Punkt zu reformieren. Frag nicht, wie dein Brot gebuttert ist; es wird dich krank machen, wenn du fragst – und dergleichen mehr. Ein Mensch sollte lieber auf der Stelle verhungern, als seine Unschuld verlieren, während er sein Brot verdient. Wenn in einem verdorbenen Menschen nicht ein unverdorbener steckt, dann ist er nichts als einer von des Teufels Engeln. Wenn wir älter werden, werden wir roher, wir lassen in unserer Selbstdisziplin etwas nach, und wir hören in gewissem Grade auf, unseren feinsten Instinkten zu gehorchen. Aber wir sollten es mit der geistigen Gesundheit äußerst genau nehmen und uns nicht um die Spöttereien jener kümmern, die unglücklicher sind als wir.

Selbst in unserer Wissenschaft und in unserer Philosophie gibt es gemeinhin keine wahre und absolute Bewertung der Dinge. Der Geist von Sektierern und Frömmlern hat seinen Pferdefuß zwischen die Sterne gesetzt. Ihr braucht nur das Problem zu diskutieren, ob die Sterne bewohnt sind oder nicht, um das zu entdecken. Warum müssen wir sowohl den Himmel als auch die Erde besudeln? Es war eine unglückselige Entdekkung, daß Dr. Kane Freimaurer war und Sir John Franklin ebenfalls. Aber noch schrecklicher war die Unterstellung, daß das vielleicht der Grund gewesen sei, weshalb der erstere auf die Suche nach dem letzteren ging. Es gibt nicht eine populäre

Zeitschrift in diesem Land, die es wagen würde, die Überlegung eines Kindes zu wichtigen Themen ohne Kommentar zu drucken. Sie muß den D. D.s, den theologischen Weisen, vorgelegt werden. Ich wollte, es wären die schwarzköpfigen Meisen.

Man kommt von der Beerdigung der Menschheit, um sich einem Naturphänomen zu widmen. Ein wenig Nachdenken ist der Totengräber der ganzen Welt.

Ich kenne kaum einen *intelligenten* Menschen, der so tolerant und wahrhaft liberal ist, daß man in seiner Gesellschaft laut denken kann. Die meisten, mit denen ihr zu reden sucht, kommen bald zum Stehen vor einer Einrichtung, an der sie beteiligt zu sein scheinen – das heißt, vor einer beschränkten, keiner allumfassenden Art, die Dinge zu sehen. Sie schieben ständig ihr eigenes niedriges Dach mit seiner schmalen Dachluke zwischen euch und den Himmel, wenn ihr den unversperrten Himmel sehen wollt. Weg mit euren Spinnweben, putzt eure Fenster, sage ich! In einigen Abendschulen sagt man mir, daß man dafür gestimmt hat, das Fach Religion abzuschaffen. Aber wie kann ich wissen, was ihre Religion ist und wann ich nahe daran bin oder weit weg davon? Ich bin in eine solche Arena getreten und habe mein möglichstes getan, um mir von der Seele zu reden, wie ich bekehrt worden bin, und die Zuhörer hatten keine Ahnung, wovon ich redete. Für sie war der Vortrag so harmlos wie Mondschein. Hätte ich ihnen dagegen die Biographien der größten Schurken der Geschichte vorgelesen, so hätten sie vielleicht gedacht, ich hätte die Lebensgeschichten der Geistlichen ihrer Kirche geschrieben. Gewöhnlich wird gefragt: »Wo kommst du her?« oder: »Wo gehst du hin?« Die Frage, die ich einmal einen meiner Zuhörer einem anderen stellen hörte, war treffender: »Wozu hält er den Vortrag?« Das ließ mich erbeben.

Vorurteilslos gesprochen: Die meisten Menschen, die ich kenne, sind nicht heiter und gelassen, sie sind nicht eine »Welt in sich«. Größtenteils verharren sie in Förmlichkeiten, sie schmeicheln und sind auf Wirkung bedacht – nur subtiler als die übrigen. Wir wählen Granit für den Unterbau unserer Häuser und Scheunen; wir bauen Gehege aus Stein; aber wir selbst ruhen nicht auf einem Unterbau aus granitener Wahrheit, dem tiefsten Urgestein. Unsere Grundschwellen sind morsch. Aus welchem Stoff ist der Mensch gemacht, der in unserem Denken nicht eins ist mit der reinsten und feinsten Wahrheit? Ich bezichtige oft meine vornehmsten Bekannten einer enormen Oberflächlichkeit; zwar gibt es Umgangsformen und Höflichkeiten, an die wir uns nicht halten, doch wir geben einander nicht die Lehren der Ehrlichkeit und Aufrichtigkeit wie die Tiere und nicht die der Beständigkeit und Festigkeit wie die Felsen. Der Fehler ist jedoch gewöhnlich gegenseitig, denn üblicherweise verlangen wir voneinander nicht mehr.

Diese Aufregung um Kossuth, bedenkt, wie bezeichnend, aber auch wie oberflächlich sie war! – nur eine andere Art von Politik oder Tanz. Im ganzen Land hielten Männer Reden auf ihn, doch jeder drückte nur die Gedanken der Menge aus oder ihren Mangel an Gedanken. Niemand bestand auf der Wahrheit. Sie waren nur miteinander verbunden wie gewöhnlich, einer auf den anderen sich stützend und alle zusammen auf nichts; so, wie die Hindus die Welt auf einem Elefanten ruhen ließen, den Elefanten auf einer Schildkröte, und die Schildkröte auf einer Schlange, und unter der Schlange kam dann nichts mehr. Alles, was für uns bei dem Wirbel herauskam, ist der Kossuth-Hut.

Genauso hohl und wirkungslos ist zum größten Teil unsere gewöhnliche Unterhaltung. Oberfläche trifft auf Oberfläche. Wenn unser Leben aufhört, nach innen gewandt und privat zu sein, verkommt Unterhaltung zu bloßem Klatsch. Wir treffen selten einen Menschen, der uns irgend etwas Neues erzählen kann, das er nicht in einer Zeitung gelesen oder von seinem Nachbarn gehört hat; und meistens ist der einzige Unterschied zwischen uns und unserem Mitmenschen der, daß er die Zeitung gelesen hat und woanders zum Tee war und wir nicht. In dem Maß, in dem unser inneres Leben versiegt, gehen wir ausdauernder und verzweifelter zum Postamt. Ihr könnt euch darauf verlassen, daß der arme Kerl, der mit der größten Anzahl von Briefen herauskommt, stolz auf seine ausgedehnte Korrespondenz, von sich selbst schon lange nichts mehr gehört hat.

Ich weiß nicht, ob es nicht schon zuviel ist, pro Woche eine Zeitung zu lesen. Ich habe das neulich versucht, und mir scheint, daß ich für diese Zeit nicht in meiner heimatlichen Gegend gewohnt habe. Die Sonne, die Wolken, der Schnee, die Bäume sagen mir dann nicht so viel. Man kann nicht zwei Herren dienen. Es braucht mehr als einen Tag der Andacht, um den Reichtum eines Tages zu erkennen und zu besitzen.

Wir sollten uns eigentlich schämen zu erzählen, was wir an einem Tag gelesen oder gehört haben. Ich weiß nicht, warum die Nachrichten von mir so nichtig sein sollen, wenn man bedenkt, welche Träume und Erwartungen man hat, und warum deren Entwicklung so unbedeutend sein soll. Die Nachrichten, die wir hören, sind meistens keine Neuigkeiten für unseren Geist. Sie sind die schalste Wiederholung. Ihr seid oft versucht zu fragen, warum so großes Gewicht gelegt wird auf eine besondere Erfahrung, die ihr gemacht habt – daß ihr nach fündundzwanzig Jahren Hobbins, dem Urkundenregistrator, wieder auf dem Bürgersteig begegnet? Habt Ihr euch also nicht einen Zoll von der Stelle bewegt? Von dieser Art sind die täglichen Nachrichten. Ihre Tatsachen scheinen in der Atmosphäre zu schweben, unbedeutend wie die Sporen von Pilzen, und auf irgendeinen vernachlässigten *thallus* zu fallen oder auf unsere geistige Oberfläche, die ihnen eine Grundlage bietet, und daher das schmarotzerhafte Wachstum. Wir sollten solche Nachrichten von uns abwaschen. Welche Folge hätte es schon, wenn unser Kontinent explodierte, wenn von dieser Explosion keine Persönlichkeit betroffen wäre? Sind wir gesund, so sind wir nicht im geringsten neugierig auf solche Ereignisse. Wir leben nicht zum oberflächlichen Vergnügen. Ich würde nicht einmal um die Ecke laufen, um die Welt in die Luft fliegen zu sehen.

Den ganzen Sommer und vielleicht weit in den Herbst hinein seid ihr unbewußt an den Zeitungen vorübergegangen, und jetzt stellt ihr fest, es lag daran, daß für euch der Morgen und der Abend voller Nachrichten waren. Eure Gänge waren voller Begebenheiten. Ihr habt euch nicht um die Angelegenheiten Europas gekümmert, sondern um eure eigenen Angelegenheiten auf den Feldern von Massachusetts. Wenn ihr zufällig in jener dünnen Schicht lebt und euch bewegt und euer Sein habt, in der die Ereignisse, die die Nachrichten ausmachen, sich zutragen – dünner als das Papier, auf dem sie gedruckt werden –, dann werden diese Dinge für euch die Welt ausfüllen; aber wenn ihr euch über diese Ebene erhebt oder unter sie taucht, könnt ihr nicht daran denken und nicht daran erinnert werden. Wirklich die Sonne täglich auf- und untergehen zu sehen und uns so mit einer universellen Tatsache in Beziehung zu bringen, würde uns ewig gesund erhalten. Nationen! Was sind Nationen! Tataren und Hunnen und Chinesen! Insekten gleich, schwärmen sie. Der Historiker versucht vergeblich, ihr Andenken zu bewahren. Weil es an einem Menschen fehlt, gibt es so viele Menschen. Es sind einzelne, die die Welt bevölkern. Jeder denkende Mensch kann mit dem Geist von Lodin sagen:

»Ich blick hinunter auf Nationen,
Und sie werden zu Asche vor mir; –
Still ist mein Heim in den Wolken;
Freundlich sind die weiten Gefilde meiner Ruh.«

Bitte, laßt uns leben, ohne daß wir wie Eskimos von Hunden gezogen werden, die über Berg und Tal rasen und einander in die Ohren beißen.

Nicht ohne ein leichtes Schaudern vor der Gefahr bemerke

ich oft, wie nahe ich daran war, in meinen Kopf die Einzelheiten irgendeiner banalen Angelegenheit einzulassen – die Nachrichten der Straße; und ich beobachte mit Erstaunen, wie leicht die Leute gewillt sind, ihre Köpfe mit solchem Müll vollzustopfen – eitlen Gerüchten und Vorfällen unbedeutendster Art zu gestatten, in ein Gebiet einzudringen, das dem Gedanken geweiht sein sollte. Soll der Kopf eine öffentliche Arena sein, wo vor allem die Angelegenheiten der Straße und der Klatsch vom Teetisch besprochen werden? Oder soll er ein Bezirk des Himmels selbst sein – ein Hypäthraltempel, geweiht dem Dienst an den Göttern? Mir fällt es so schwer, die wenigen Tatsachen zu ordnen, die für mich wichtig sind, daß ich zögere, meine Aufmerksamkeit mit jenen zu belasten, die unwichtig sind, die nur ein göttlicher Geist erläutern könnte. Von der Art sind meistens die Nachrichten in Zeitungen und Gesprächen. Es ist wichtig, die Keuschheit des Geistes in dieser Hinsicht zu bewahren. Wenn wir uns vorstellen, wir könnten die Details eines einzigen Kriminalfalls in unsere Gedanken einlassen, so daß sie lästerlich durch das *sanctum sanctorum* schleichen, eine Stunde lang, ja, viele Stunden lang! – daß sie aus der innersten Wohnung unseres Geistes eine Kneipe machen, als ob uns so lange der Staub der Straße beschäftigt hätte – ja als ob die Straße selbst, mit all ihrem Verkehr, ihrem Gewühl und ihrem Dreck durch den Schrein unserer Gedanken gegangen wäre! Wäre das nicht geistiger und moralischer Selbstmord? Als ich gezwungen war, als Zuschauer und Zuhörer einige Stunden in einem Gerichtssaal zu sitzen und meine Nachbarn beobachtete, die dazu nicht gezwungen waren und die sich von Zeit zu Zeit hereinstahlen und auf Zehenspitzen herumschlichen, mit frisch gewaschenen Händen und Gesichtern, dann erschien es mir, wenn sie ihre Hüte abnahmen, vor meinem geistigen Auge so, als ob ihre Ohren sich plötzlich zu riesigen Schalltrichtern ausweiteten, zwischen denen selbst ihre schmalen Köpfe zusammengepreßt wurden. Wie die Flügel von Windmühlen fingen sie den breiten, aber seichten Schallstrom ein, der, nach einigen kitzelnden Drehungen in ihren Hirnen, auf der anderen Seite wieder herauskam. Ich fragte mich, ob sie, wenn sie nach Hause kämen, ihre Ohren genauso sorgfältig waschen würden wie zuvor Hände und Gesicht. Mir schien bei solcher Gelegenheit, daß die Zuhörer und die Zeugen, die Geschworenen und der Anwalt, der Richter und der Verbrecher – wenn ich ihn als schuldig ansehen darf, bevor er überführt ist – alle gleichermaßen verbrecherisch seien und man erwarten könne, daß ein Blitzstrahl herniederfahren und sie alle vernichten werde.

Haltet solche Unbefugte mit allen möglichen Fallen und Schildern unter Androhung der härtesten Strafen des göttlichen Rechts von dem einzigen Gelände fern, das euch heilig sein muß. Es ist so schwer, das zu vergessen, an das sich zu erinnern schlimmer als unnütz ist! Wenn ich ein Durchlaß sein soll, dann möchte ich es lieber für die Bergbäche, für die parnassischen Ströme sein und nicht für die städtischen Kloaken. Es gibt die Inspiration, jenen Klatsch, der ans Ohr des aufmerksamen Kopfes dringt aus den Gerichtssälen des Himmels. Es gibt die lästerliche und schale Offenbarung der Kneipe und des Polizeigerichts. Ein und dasselbe Ohr ist geeignet, beide Botschaften zu empfangen. Nur der Charakter des Hörers bestimmt, für welche es offen ist und für welche geschlossen. Ich glaube, daß der Geist auf Dauer entweiht werden kann durch die Gewohnheit, nichtige Dinge aufzunehmen, so daß alle unsere Gedanken einen Anstrich von Nichtigkeit erhalten. Unser Verstand soll sozusagen beschottert, sein Fundament soll in Stücke gebrochen werden, damit Räder darüberrollen können; und wenn ihr wissen wollt, was das haltbarste Pflaster ist, besser als gewalzter Kies, Fichtenklötze und Asphalt, braucht ihr nur in einige unserer Köpfe zu schauen, die dieser Behandlung lange Zeit ausgesetzt waren.

Wenn wir uns entweiht haben – und wer hat das nicht getan? –, dann wird das Heilmittel sein, uns durch Behutsamkeit und Hingabe neu zu weihen und aus unserem Kopf wieder einen Tempel zu machen. Wir sollten unsere Köpfe, uns selbst also, behandeln wie unschuldige und begabte Kinder, deren Hüter wir sind, und wir sollten achtgeben, auf welche Gegenstände und welche Themen wir ihre Aufmerksamkeit stoßen. Lest nicht die »Times«. Lest die Ewigkeit. Festhalten an Herkömmlichem ist schließlich genauso schlimm wie Unreinheit. Selbst die Tatsachen der Wissenschaft können den Geist einstauben lassen durch ihre Trockenheit, wenn sie nicht jeden Morgen gewissermaßen weggewischt oder vielmehr fruchtbar gemacht werden durch den Tau frischer und lebendiger Wahrheit. Wissen kommt nicht zu uns durch Einzelheiten, sondern in Lichtblitzen vom Himmel. Ja, jeder Gedanke, der uns durch den Kopf geht, hilft, den Geist zu verschleißen und die Geleise zu vertiefen, die, wie in den Straßen von Pompeji, beweisen, wie häufig er benutzt worden ist. Wie viele Dinge gibt es, hinsichtlich deren wir erwägen sollten, ob es besser wäre, wenn wir sie kennen würden – wenn wir ihre Trödlerkarren, und sei es in der langsamsten Gangart, über jene herrlich weit gespannte Brücke fahren ließen, auf der wir endlich vom fernsten Rand der Zeit hinüber zum nächsten Ufer der Ewigkeit zu gelangen hoffen! Haben wir keine Bildung, keine Kultur, sondern nur die Fähigkeit, ein rohes Leben zu führen und dem Teufel zu dienen – etwas weltlichen Reichtum oder Ruhm zu erwerben oder etwas weltliche Freiheit, und damit eine Scheinvorstellung zu geben, als ob wir ganz Schale und Hülse wären ohne zarten und lebendigen Kern in uns? Sollen unsere Einrichtungen wie jene Kastanienschalen sein, die taube Früchte enthalten und nur darin vortrefflich sind, daß sie uns in die Finger stechen?

Amerika, so sagt man, ist die Arena, in der die Schlacht um die Freiheit ausgefochten werden soll; doch sicher kann damit nicht Freiheit in einem nur politischen Sinn gemeint sein. Selbst wenn wir zugeben, daß sich der Amerikaner von einem politischen Tyrannen befreit hat, ist er doch noch der Sklave eines ökonomischen und moralischen Tyrannen. Nachdem jetzt die Republik – die *res publica* – etabliert worden ist, ist es an der Zeit, sich um die *res privata* – die Sache des einzelnen – zu kümmern, um darauf zu achten, wie der römische Senat seinen Konsuln auftrug, *»ne quid res* PRIVATA *detrimenti caperet«*, daß »nicht die Sache des *einzelnen* Schaden leide«.

Nennen wir dies nicht das Land der Freien? Was bedeutet es, von König George frei zu sein und Sklaven von König Vorurteil zu bleiben? Was bedeutet es, frei geboren zu sein und nicht frei zu leben? Welchen Wert hat irgendeine politische Freiheit, wenn sie nicht ein Mittel ist zu moralischer Freiheit? Ist es die Freiheit, Sklaven zu sein, oder die Freiheit, frei zu sein, deren wir uns rühmen? Wir sind eine Nation von Politikern, besorgt nur um die äußeren Befestigungen der Freiheit. Unsere Kindeskinder werden vielleicht wirklich frei sein. Wir besteuern uns ungerecht. Es gibt einen Teil von uns, der nicht vertreten ist. Das ist Besteuerung ohne Vertretung. Wir quartieren Truppen, wir quartieren Narren und alles mögliche Vieh bei uns ein. Wir quartieren unsere plumpen Leiber bei unseren armen Seelen ein, bis die ersteren die ganze Substanz der letzteren aufgezehrt haben.

Was wahre Bildung und wahres Menschsein angeht, so sind wir im wesentlichen noch immer provinziell, nicht hauptstädtisch – bloße Jonathans. Wir sind provinziell, weil wir unsere Maßstäbe nicht zu Hause entdecken; weil wir nicht die Wahrheit verehren, sondern den Abglanz der Wahrheit; weil wir verbogen und eingeengt sind durch unsere ausschließliche Hingabe an Handel und Gewerbe und Produktion und Landwirtschaft und dergleichen, die nur Mittel sind und nicht der Zweck.

Ebenso ist das englische Parlament provinziell. Bloße Bauerntölpel, die sich verraten, sobald sie irgendwelche bedeutenderen Fragen zu entscheiden haben, die Irische Frage zum Beispiel – warum sage ich nicht: die englische Frage? Ihr Wesen ist ihrer Arbeit unterworfen. Ihre »gute Erziehung« schätzt nur nebensächliche Dinge. Die feinsten Manieren der Welt sind nur Unbeholfenheit und Einfältigkeit, verglichen mit einer feineren Intelligenz. Sie wirken wie die Mode vergangener Tage – nichts als Artigkeit, Knieschnallen und Kniehosen, alles längst veraltet. Es ist das der Fehler, nicht der Vorzug feiner Manieren, daß sie von der Persönlichkeit andauernd im Stich gelassen werden; sie sind weggeworfene Kleider oder Schalen, die die Achtung fordern, die dem lebenden Wesen gebührt. Euch werden die Schalen gereicht statt des Fleisches, und es ist im allgemeinen keine Entschuldigung, daß bei einigen Meerestieren die Schalen mehr wert sind als das Fleisch. Der Mensch, der mir seine guten Manieren aufdrängt, tut, als wollte er mich unbedingt mit seinem Kuriositätenkabinett bekanntmachen, während ich doch ihn selbst sehen wollte. Das war es nicht, was der Dichter Decker meinte, als er Christus »den ersten wahren Gentleman, der je gelebt hat« nannte. Ich wiederhole, in diesem Sinn ist der prächtigste Hof der Christenheit provinziell, denn er ist nur befugt, über Belange jenseits der Alpen zu beraten und nicht über die Angelegenheiten Roms. Ein Prätor oder Prokonsul würden genügen, um die Fragen zu regeln, die die Aufmerksamkeit des englischen Parlaments und des amerikanischen Kongresses ganz in Anspruch nehmen.

Regierung und Gesetzgebung! Ich hatte geglaubt, das seien achtbare Berufe. Wir haben in der Weltgeschichte gehört von Numa, Lycurgus und Solon, die der Himmel geschickt hat und deren *Namen* zumindest für ideale Gesetzgeber stehen können. Wenn man sich dagegen vorstellt, daß Gesetze gemacht werden, um die Aufzucht von Sklaven oder die Ausfuhr von Tabak zu *regeln*! Was haben göttliche Gesetzgeber mit der Ausfuhr oder der Einfuhr von Tabak zu tun und was menschliche mit der Aufzucht von Sklaven? Angenommen, ihr würdet diese Frage irgendeinem Sohn Gottes vorlegen – und hat ER keine

Kinder im neunzehnten Jahrhundert? Ist Seine Familie ausgestorben? –, in welcher Lage würdet ihr sie wiederfinden? Was soll ein Staat Virginia am Jüngsten Tag zu seinen eigenen Gunsten sagen, ein Staat, dessen Haupterzeugnisse von solcher Art waren? Welche Grundlage hat Patriotismus in einem solchen Staat? Ich entnehme meine Angaben übrigens den statistischen Tabellen, die die Staaten selbst veröffentlicht haben.

Ein Handel, der alle Meere weiß werden läßt auf der Suche nach Nüssen und Rosinen und der für dieses Ziel seine Seeleute zu Sklaven macht! Neulich sah ich ein Schiff, das zerschellt war, wobei viele ihr Leben verloren, und seine Ladung – Stoffetzen, Wacholderbeeren und bittere Mandeln – war über den Strand verstreut. Es schien sich kaum zu lohnen, zwischen Livorno und New York die Gefahren der See herauszufordern für eine Ladung von Wacholderbeeren und bitteren Mandeln. Amerika läßt sich seine Bittermittel aus der Alten Welt kommen! Ist nicht das Meerwasser, ist nicht Schiffbruch bitter genug, daß der Kelch des Lebens hier geleert werden kann? Aber so ist unser gerühmter Handel in hohem Maße; und dann gibt es jene, die sich als Staatsmänner oder Philosophen bezeichnen und die so blind sind zu glauben, daß Fortschritt und Kultur angewiesen seien auf eben diese Art von Austausch und Emsigkeit – die Emsigkeit von Fliegen an einem Sirupfaß. Schön, sagt jemand, wenn Menschen Austern wären. Und schön, antworte ich, wenn Menschen Moskitos wären.

Leutnant Herndon, den unsere Regierung ausgeschickt hat, den Amazonas zu erforschen und, wie es heißt, das Gebiet der Sklaverei weiter auszudehnen, hat bemerkt, daß es dort fehlt an einer »fleißigen und rührigen Bevölkerung, die weiß, was die Annehmlichkeiten des Lebens sind, und die künstliche Bedürfnisse hat, um die großen natürlichen Reichtümer des Landes herauszuholen«. Aber welche »künstlichen Bedürfnisse« sollen da gefördert werden? Nicht die Liebe zu solchem Luxus wie Tabak und Sklaven aus Virginia, seiner Heimat, wie ich glaube, auch nicht Eis und Granit und anderer materieller Reichtum unserer Heimat Neuengland; ebensowenig bestehen die »großen Reichtümer eines Landes« in der Fruchtbarkeit oder Unfruchtbarkeit des Bodens, der sie hervorbringt. In jedem Staat, in dem ich gewesen bin, fehlte den Bewohnern in der Hauptsache ein hohes und ernstes Ziel. Nur dadurch holt man »den großen Reichtum« der Natur hervor und beansprucht sie schließlich über ihre Reichtümer hinaus, denn der Mensch vergeht natürlich aus ihr. Wenn uns Bildung mehr gilt als Kartoffeln und Erleuchtung mehr als Süßigkeiten, dann werden die großen Reichtümer einer Welt richtig in Anspruch genommen, und das Ergebnis, das Hauptprodukt besteht nicht in Sklaven, nicht in Fabrikarbeitern, sondern in Menschen – jenen seltenen Früchten, die man Helden nennt und Heilige, Dichter, Philosophen und Erlöser.

Kurz, wo eine Schneewehe entsteht, wo eine Windstille ist, so könnte man sagen, wo eine Wahrheitsflaute ist, schießt eine Institution empor. Doch die Wahrheit weht trotzdem über sie hin und weht sie schließlich um.

Was man Politik nennt, das ist vergleichsweise etwas so Oberflächliches und Unmenschliches, daß ich praktisch nie wirklich eingeräumt habe, daß sie mich überhaupt etwas angeht. Die Zeitungen widmen, wie ich sehe, einige ihrer Spalten speziell der Politik und der Regierung – kostenlos; und das, so könnte man sagen, ist das einzige Positive daran; doch da ich die Literatur liebe und in gewissem Grade auch die Wahrheit, lese ich diese Spalten sowieso nie. Ich möchte meinen Sinn für das Rechte so weit nicht abstumpfen. Ich muß mich nicht dafür verantworten, auch nur eines einzigen Präsidenten Botschaft gelesen zu haben. Ein seltsames Zeitalter, da Kaiserreiche, Königreiche und Republiken bettelnd an die Tür eines Privatmannes kommen und bei ihm ihre Klagen abladen! Ich kann keine Zeitung zur Hand nehmen, ohne darin irgendeine erbärmliche Regierung zu finden, die, hart bedrängt und auf dem letzten

Loch pfeifend, mich, den Leser, bittet, sie zu unterstützen – aufdringlicher als ein italienischer Bettler; und wenn ich dann einen Blick auf ihr Zeugnis werfen will, das vielleicht von einem wohlwollenden Handlungsgehilfen ausgestellt worden ist oder von dem Schiffer, der es herüberbrachte, weil sie ja selbst nicht ein Wort Englisch spricht, dann lese ich vielleicht vom Ausbruch irgendeines Vesuvs oder von der Überschwemmung durch irgendeinen Po, wahr oder erfunden, wodurch sie in diese Lage gebracht worden sei. Ich zögere in solchem Fall nicht, Arbeit anzuraten oder das Armenhaus; oder warum kann sie ihr Haus nicht im stillen in Ordnung halten, wie ich das gewöhnlich tue? Der arme Präsident, der seine Popularität erhalten und seine Pflicht tun muß, ist vollkommen durcheinander. Die Zeitungen sind die herrschende Macht. Jede andere Regierung verfügt über nichts als ein paar Marineinfanteristen im Fort Independence. Wenn es jemand unterläßt, täglich die Zeitung zu lesen, geht die Regierung vor ihm auf die Knie, denn das ist heutzutage der wahre Landesverrat.

Die Dinge, die jetzt die Aufmerksamkeit der Menschen am meisten beanspruchen, wie die Politik und die täglichen Pflichten, sind lebenswichtige Funktionen der menschlichen Gesellschaft, das ist wahr, doch sie sollten unbewußt erledigt werden wie die entsprechenden Funktionen des Körpers. Sie sind *unter*menschlich, eine Art vegetatives System. Manchmal erwache ich zu einem Halbbewußtsein dieser Dinge um mich her, so, wie man sich in einem Zustand der Krankheit einiger Verdauungsvorgänge bewußt werden kann, einer Dyspepsie, wie man das nennt. Es ist, als ließe sich ein Denker in dem großen Muskelmagen der Schöpfung zermahlen. Die Politik ist sozusagen der Magen der Gesellschaft, voller Kies und Geröll, und die beiden politischen Parteien sind seine beiden entgegengesetzten Hälften – vielleicht sind sie manchmal auch in Viertel gespalten –, die sich aneinander reiben. Nicht nur einzelne, sondern auch Staaten haben so eine chronische Dyspepsie, die sich, ihr ahnt, durch welche Art von Eloquenz, ausdrückt. So ist unser Leben nicht ganz und gar ein Vergessen, sondern auch, leider in hohem Maß, ein Sich-Erinnern an das, was uns besser nie bewußt geworden wäre, jedenfalls nicht in unseren wachen Stunden. Warum sollten wir uns nicht anders begegnen – nicht immer als Dyspeptiker, um uns unsere schlechten Träume zu erzählen, sondern manchmal als Eupeptiker, um einander zu dem immer wieder herrlichen Morgen zu beglückwünschen? Ich erhebe doch sicher keine übertriebene Forderung.

Sklaverei in Massachusetts

Slavery in Massachusetts
Rede, gehalten auf einer Zusammenkunft gegen die Sklaverei in Framingham am 4. Juli 1854

Ich besuchte vor kurzem eine Versammlung der Bürger von Concord in der Erwartung, als einer unter vielen zum Thema der Sklaverei in Massachusetts zu sprechen; doch ich stellte überrascht und enttäuscht fest, daß es das Schicksal von Nebraska und nicht das von Massachusetts war, was meine Mitbürger hatte zusammenkommen lassen, und daß das, was ich zu sagen hatte, gänzlich fehl am Platze sein würde. Ich hatte gedacht, daß das Haus in Flammen stünde und nicht die Prärie; aber obgleich mehrere Bürger von Massachusetts jetzt im Gefängnis sind, weil sie versucht hatten, einen Sklaven aus den Klauen ihres Staates zu befreien, drückte nicht einer der Redner auf jener Versammlung darüber sein Bedauern aus, nicht einer erwähnte es auch nur. Es war einzig die Kontrolle über einige wilde Landstriche, tausend Meilen weit weg, die sie zu beunruhigen schien. Die Einwohner von Concord sind nicht bereit, eine ihrer eigenen Brücken zu verteidigen, sondern reden nur davon, im Bergland hinter dem Yellowstone River Stellung zu beziehen. Unsere Buttricks und Davises und Hosmers weichen dorthin zurück, und ich fürchte, daß es zwischen ihnen und dem Feind kein Lexington Common geben wird. Es gibt nicht einen Sklaven in Nebraska; es gibt vielleicht eine Million Sklaven in Massachusetts.

Diejenigen, die in der Schule der Politik erzogen wurden, unterlassen es wie gewöhnlich, den Tatsachen ins Auge zu blikken. Ihre Maßnahmen sind nur Halbheiten und Provisorien. Sie schieben den Tag der Abrechnung auf unbestimmte Zeit hinaus, und inzwischen wächst die Schuld. Obwohl das »Gesetz über flüchtige Sklaven« bei jener Gelegenheit nicht Gegenstand der Diskussion war, wurde von meinen Mitbürgern auf einer späteren Versammlung, wie ich höre, schließlich zaghaft beschlossen, daß »das ›Gesetz über flüchtige Sklaven‹ aus dem Jahre 1850 ... aufgehoben werden mußte«, da eine der Parteien den Kompromiß von 1820 verworfen hat. Aber das ist nicht der Grund, weswegen ein ungeheuerliches Gesetz aufgehoben werden sollte. Die Tatsache, die der Politiker in Betracht zieht, ist nur die, daß es unter Ganoven weniger Ehrgefühl gibt als vermutet, und nicht die Tatsache, daß es Ganoven sind.

Da ich keine Gelegenheit hatte, meine Gedanken auf jener Versammlung zu äußern, wollen Sie mir erlauben, das hier zu tun.

Wieder geschieht es, daß das Bostoner Gerichtsgebäude voll ist von bewaffneten Männern, die einen MENSCHEN gefangenhalten und vor Gericht stellen, um herauszufinden, ob er nicht in Wahrheit ein SKLAVE ist. Glaubt irgend jemand, daß die Gerechtigkeit oder Gott auf Mr. Lorings Entscheidung wartet? Da er noch immer über dieser Entscheidung sitzt, während diese Frage schon von Ewigkeit zu Ewigkeit entschieden ist und der ungebildete Sklave selbst und die Menge ringsum die Entscheidung schon lange gehört und gebilligt haben, macht er sich einfach lächerlich. Wir mögen versucht sein zu fragen, von wem er sein Amt empfing und wer der ist, der es empfing; welchen neuen Gesetzen er gehorcht und auf welche Präzedenzfälle er sich beruft. Solch eines Richters bloße Existenz ist eine Unverschämtheit. Wir bitten ihn nicht, sich zu entscheiden, sondern zu gehen.

Ich lausche, um die Stimme eines Gouverneurs zu hören, des Oberkommandierenden der Streitkräfte von Massachusetts. Ich höre nur das Zirpen der Grillen und das Summen der Insekten, das jetzt die Sommerluft erfüllt. Des Gouverneurs ganze Leistung besteht im Inspizieren von Truppen an Musterungstagen. Ich habe ihn gesehen, zu Pferde, den Hut in der Hand, dem Gebet eines Geistlichen lauschend. Es verhält sich so, daß das alles ist, was ich je gesehen habe von einem Gouverneur. Ich denke, ich könnte sehr gut auskommen ohne einen. Wenn *er* nicht von geringstem Nutzen ist zu verhindern, daß ich entführt werde, von welchem wichtigen Nutzen, bitte, kann er dann überhaupt für mich sein? Während die Freiheit in höchster Gefahr ist, haust er in tiefster Verborgenheit. Ein angesehener Geistlicher sagte mir, daß er den Beruf eines Geistlichen gewählt habe, weil er die meiste Freizeit für literarische Studien gewähre. Ich würde ihm empfehlen, Gouverneur zu werden.

Vor drei Jahren schon, als die Simms-Tragödie gegeben wurde, sagte ich mir, da gibt es so einen Beamten, wenn nicht so einen Menschen wie den Gouverneur von Massachusetts – was hat er in den letzten vierzehn Tagen getrieben? Hat er getan, was er konnte, um nicht Partei ergreifen zu müssen bei diesem moralischen Erdbeben? Es schien mir, daß keine schärfere Satire gegen diesen Mann hätte gerichtet, keine schimpflichere Beleidigung ihm hätte angetan werden können als das, was tatsächlich geschah: nach ihm wurde in jener Krise überhaupt nicht gefragt. Das Schlimmste und das Äußerste, was ich zufällig von ihm weiß, ist, daß er jene Gelegenheit nicht benutzte, sich einen Namen zu machen, und zwar einen würdigen Namen. Er hätte wenigstens *zurücktreten* können in den Ruhm. Es schien vergessen zu sein, daß es einen solchen Mann und ein solches Amt gab. Doch ohne Zweifel bemühte er sich die ganze

Zeit, den Gouverneurssessel auszufüllen. Er war nicht mein Gouverneur. Er hat mich nicht regiert.

Aber endlich, im vorliegenden Fall, hörte man vom Gouverneur. Nachdem es ihm und der Regierung der Vereinigten Staaten vollkommen gelungen war, einen armen unschuldigen schwarzen Mann auf Lebenszeit seiner Freiheit und, soweit sie es vermochten, des Bildes seines Schöpfers in seiner Brust zu berauben, hielt er vor seinen Komplizen eine Ansprache – bei einem Siegesmahl!

Ich habe ein neues Gesetz dieses Staates gelesen, das jedem Beamten des »Commonwealth« Strafe androht, der irgendwo innerhalb seiner Grenzen »jemanden, weil er als flüchtiger Sklave beansprucht wird«, »festnimmt oder bei dessen Festnahme … hilft«. Auch war es notorisch, daß ein gerichtlicher Befehl, den Flüchtling aus dem Gewahrsam des U.S. Marshal zu entfernen, nicht zugestellt werden konnte mangels ausreichender Unterstützung für den Beamten.

Ich hatte geglaubt, daß der Gouverneur in gewissem Sinn der Exekutivbeamte des Staates sei; daß es seine Aufgabe als Gouverneur sei, darauf zu achten, daß die Gesetze vollzogen würden, während er als Mensch darauf zu achten hätte, daß er dabei nicht die Gesetze der Humanität verletzte; aber wenn man ihn besonders dringend braucht, ist er unnütz oder schlimmer als unnütz und läßt es zu, daß die Gesetze des Staates nicht vollzogen werden. Vielleicht weiß ich nicht, welches die Pflichten eines Gouverneurs sind; doch wenn es, um Gouverneur zu sein, erforderlich ist, das eigene Ich rettungslos so großer Schmach zu unterwerfen, wenn das meinem Menschsein Beschränkungen auferlegt, werde ich mich hüten, je Gouverneur von Massachusetts zu werden. Ich habe nicht viel in den Gesetzen dieses Commonwealth gelesen. Es ist keine gewinnbringende Lektüre. Sie sagen nicht immer, was wahr ist; und sie meinen nicht immer, was sie sagen. Mir ist wichtig zu wissen, daß der Einfluß und die Autorität dieses Mannes auf der Seite des Sklavenhalters waren und nicht auf der des Sklaven – des Schuldigen und nicht des Unschuldigen – der Ungerechtigkeit und nicht der Gerechtigkeit. Ich habe den, von dem ich rede, nie gesehen; ja, ich wußte bis zu diesem Ereignis nicht einmal, daß er Gouverneur war. Ich hörte von ihm und von Anthony Burns zur gleichen Zeit, und auf diese Weise werden zweifellos die meisten von ihm hören. So weit bin ich davon entfernt, von ihm regiert zu werden. Ich meine nicht, daß es irgendwie gegen ihn spricht, daß ich noch nicht von ihm gehört hatte, gegen ihn spricht nur, was ich gehört habe. Das Ärgste, was ich von ihm sagen kann, ist, daß er sich als nicht besser erwies als wahrscheinlich die Mehrheit seiner Wähler. Meines Erachtens war er dem Ereignis nicht gewachsen.

Die gesamte Militärmacht des Staates steht einem Mr. Suttle, einem Sklavenhalter aus Virginia, zu Diensten, damit er einen Menschen fangen kann, den er sein Eigentum nennt; aber nicht ein Soldat wird aufgeboten, um einen Bürger von Massachusetts davor zu bewahren, entführt zu werden! Ist das der Sinn all dieser Soldaten, all dieses *Drills* gewesen in den vergangenen neunundsiebzig Jahren? Sind sie gedrillt worden, nur damit sie Mexiko berauben und flüchtige Sklaven zu deren Herren zurückbringen?

In den letzten Nächten hörte ich den Klang einer Trommel in unseren Straßen. Da waren immer noch Männer beim *Drill*, und wofür? Ich hätte zur Not den jungen Hähnen von Concord verzeihen können, daß sie noch krähten, denn sie waren vielleicht an jenem Morgen nicht geprügelt worden; doch ich konnte dieses Taramtamtam der »Ausbilder« nicht verzeihen. Der Sklave wurde von ebensolchen Männern zurückgebracht; d.h. vom Soldaten, von dem man in diesem Zusammenhang bestenfalls sagen kann, daß er ein Narr ist, der durch einen bunten Rock auffällt.

Vor drei Jahren, gerade eine Woche nachdem die Behörden von Boston zusammengetreten waren, um einen vollkommen unschuldigen Menschen, einen Menschen, dessen Unschuld sie kannten, in die Sklaverei zurückbringen zu lassen, ließen die Einwohner von Concord gleichfalls die Glocken läuten und die Kanonen abfeuern, um ihre Freiheit zu feiern – und den Mut und die Freiheitsliebe ihrer Vorfahren, die an der Brücke gekämpft hatten. Als ob *jene* drei Millionen für das Recht gekämpft hätten, selbst frei zu sein, aber drei Millionen anderer in Sklaverei zu halten. Heutzutage tragen Männer eine Narrenkappe und nennen sie Freiheitsmütze. Ich kann es mir nicht anders denken, als daß es einige gibt, die, wären sie an einen Schandpfahl gefesselt und könnten nur eine Hand frei machen, sie dazu benutzen würden, die Glocken zu läuten und die Kanonen abzufeuern, um *ihre* Freiheit zu feiern. So nahmen sich einige meiner Mitbürger die Freiheit zu läuten und zu feuern. Das war ihre Freiheit, und als der Klang der Glocken erstarb, erstarb auch ihre Freiheit; als alles Pulver verbraucht war, entschwand ihre Freiheit mit dem Rauch.

Der Witz wäre nicht roher, wollten die Insassen der Gefängnisse das gesamte Pulver für solchen Salut stiften und die Gefängniswärter bestechen, das Feuern und das Läuten für sie zu übernehmen, während sie sich durch die Gitter daran ergötzen.

So dachte ich über meine Nachbarn.

Jeder menschliche und intelligente Einwohner von Concord, der diese Glocken und diese Kanonen hörte, dachte nicht mit Stolz an die Ereignisse des 19. April 1775, sondern mit Scham an die Ereignisse des 12. April 1851. Aber jetzt haben wir diese alte Schande schon halb unter einer neuen begraben.

Massachusetts wartete untätig auf Mr. Lorings Entscheidung, als ob sie in irgendeiner Weise die eigene verbrecherische Handlungsweise beeinflussen könnte. Das Verbrechen, das auffallendste und verhängnisvollste aller Verbrechen, bestand darin, Mr. Loring in dieser Sache als Schiedsrichter fungieren zu lassen. In Wirklichkeit stand der Staat Massachusetts vor Gericht. Jeden Augenblick, den er zögerte, diesen Menschen freizulassen, jeden Augenblick, den er jetzt zögert, sein Verbrechen zu sühnen, wird er überführt. Der Richter in seinem Fall heißt Gott; nicht Edward G. God, sondern einfach Gott.

Ich wünschte, meine Landsleute würden bedenken, daß – ganz gleich, was das menschliche Gesetz sagen mag – weder ein einzelner noch eine Nation jemals den geringsten Akt der Ungerechtigkeit auch nur gegen den unbedeutendsten einzelnen begehen kann, ohne dafür büßen zu müssen. Eine Regierung, die absichtlich Unrecht gesetzlich verfügt und darauf beharrt, wird schließlich sogar zum Gespött der Welt werden.

Viel ist schon über die amerikanische Sklaverei gesagt worden, aber ich glaube, uns ist noch nicht einmal klar, was Sklaverei ist. Wenn ich dem Kongreß ernsthaft vorschlagen wollte, die Menschheit zu Würsten zu machen, so habe ich keinen Zweifel, daß die meisten Abgeordneten über meinen Vorschlag lächeln würden, und wenn einige von ihnen glaubten, ich meinte das ernst, so dächten sie, ich hätte etwas vorgeschlagen, das schlimmer ist als alles, was der Kongreß je beschloß. Aber wenn mir auch nur einer von ihnen sagt, einen Menschen zu Wurst zu machen sei viel schlimmer – sei überhaupt schlimmer, als ihn zum Sklaven zu machen, als das »Gesetz über flüchtige Sklaven« zu erlassen –, dann beschuldige ich ihn der Narrheit, der intellektuellen Unfähigkeit, der Spitzfindigkeit. Der eine Vorschlag ist gerade so vernünftig wie der andere.

Ich höre viel davon reden, man solle dieses Gesetz mit Füßen treten. Nun, man braucht dazu nicht von seinem gewohnten Weg abzuweichen. Dieses Gesetz erhebt sich nicht bis zur Höhe des Kopfes oder des Verstandes; sein natürlicher Lebensraum ist der Schmutz. Geboren in Schmutz und Schlamm, kann es nur dort leben, in Höhe der Füße; und wer frei ausschreitet und nicht aus hinduistischer Barmherzigkeit vermeidet, auf jedes giftige Reptil zu treten, der wird unvermeidlich darauf treten und es so mit Füßen treten – und Webster, seinen Macher, gleich mit, wie den Mistkäfer und seinen Mist.

Die jüngsten Ereignisse werden ihren Wert haben als Kritik an der Rechtsprechung bei uns oder vielmehr als Hinweis auf die wahren Quellen der Gerechtigkeit in einer jeden Gemeinschaft. Es ist dahin gekommen, daß es die Freunde der Freiheit, die Freunde des Sklaven schauderte, als sie erfuhren, daß die Entscheidung über sein Schicksal den Gerichten des Landes überlassen worden war. Freie Männer haben kein Vertrauen darauf, daß in einem solchen Fall Recht gesprochen wird; der Richter mag so oder so entscheiden; es ist eine Sache des Zufalls – bestenfalls. Es ist offenkundig, daß er in einem so wichtigen Fall nicht die kompetente Autorität ist. Dies ist auch nicht der Augenblick, ein Urteil auf Präzedenzfälle zu gründen; vielmehr sollte man jetzt einen Präzedenzfall für die Zukunft schaffen. Ich möchte viel lieber dem Empfinden der Leute vertrauen. Mit ihrer Stimme bekäme man wenigstens etwas von einigem Wert, wie klein auch immer, doch im anderen Fall nur das befangene Urteil eines einzelnen, von keiner Bedeutung, wie es auch ausfiele.

Es ist für die Gerichte ziemlich fatal, wenn die Leute gezwungen sind, ihre Arbeit zu untersuchen. Ich möchte nicht glauben, daß die Gerichte nur für schönes Wetter und für einfache Zivilrechtsfälle geschaffen wurden; aber wie kann man es irgendeinem Gericht im Land überlassen zu entscheiden, ob mehr als drei Millionen Menschen, in diesem Fall ein Sechstel der Nation, ein Recht darauf haben, freie Menschen zu sein oder nicht? Aber das ist den Behörden der sogenannten *Rechtsprechung* überlassen worden – dem Obersten Gericht des Landes, das, wie ihr alle wißt, keine andere Autorität als die Verfassung anerkennt, und es hat entschieden, daß die drei Millionen Sklaven sind und Sklaven bleiben sollen. Richter wie diese prüfen nur die Werkzeuge eines Einbrechers und Mörders und sagen ihm, ob sie funktionstüchtig sind, und dort, so meinen sie, endet ihre Verantwortung. Es war schon vorher ein Fall anhängig, den zu übergehen sie als von Gott eingesetzte Richter kein Recht hatten; wäre der gerecht entschieden worden, so wäre ihnen diese Demütigung erspart geblieben. Es war der Fall des Mörders selbst.

Das Gesetz wird die Menschen nie frei machen; die Menschen sind es, die das Gesetz frei machen müssen. Sie sind die Freunde von Gesetz und Ordnung, die das Gesetz befolgen, wenn die Regierung es bricht.

Unter den Menschen ist der Richter, dessen Worte das Schicksal eines Mannes auf alle Ewigkeit besiegeln, nicht der, der bloß den Urteilsspruch verkündet, sondern der, der, wer immer er sei, aus Liebe zur Wahrheit und durch keinerlei Brauch oder Gesetzeserlaß der Menschen voreingenommen, eine richtige Meinung, ein richtiges *Urteil* über ihn abgibt. Er ist es, der ihn *verurteilt*. Wer immer die Wahrheit zu erkennen vermag, hat seinen Auftrag erhalten aus einer Quelle, die höher ist als der höchste Richter in der Welt. Er sieht sich eingesetzt als Richter des Richters. Seltsam, daß es nötig ist, solch einfache Wahrheiten auszusprechen!

Ich bin mehr und mehr davon überzeugt, daß es in bezug auf jede öffentliche Frage wichtiger ist zu wissen, was man auf dem Lande darüber denkt, als was die Stadt denkt. Die Stadt *denkt* nicht viel. Über jede moralische Frage würde ich lieber die Meinung von Boxboro hören als die von Boston und New York zusammengenommen. Wenn die erstere spricht, habe ich das Gefühl, als ob jemand wirklich *gesprochen* hätte, als ob es noch *Humanität* gäbe und ein vernunftbegabtes Wesen sein Recht behauptet hätte – als ob einige vorurteilslose Männer in den Bergen des Landes dieser Sache endlich ihre Aufmerksamkeit gewidmet und durch ein paar vernünftige Worte das Ansehen der Rasse gerettet hätten. Wenn sich in einer unbedeutenden Kleinstadt die Farmer zu einer besonderen Versammlung zusammenfinden, um ihre Meinung zu einer Angelegenheit zu sagen, die das ganze Land beunruhigt, dann ist das, glaube ich, der wahre Kongreß und der ehrenwerteste, der sich in den Vereinigten Staaten je versammelt hat.

Es ist offenkundig, daß es, zumindest in diesem Commonwealth, zwei Parteien gibt, die sich immer deutlicher voneinander unterscheiden – die Partei der Stadt und die Partei des Landes. Ich weiß, daß das Land ziemlich erbärmlich ist, aber es macht mich froh zu glauben, daß es einen geringfügigen Unterschied zu seinen Gunsten gibt. Aber bisher besitzt es nur wenige Organe – wenn überhaupt welche –, durch die es sich äußern kann. Die Leitartikel, die es liest, kommen wie die Nachrichten von der Küste. Laßt uns, die Bewohner des Landes, Selbstachtung entwickeln. Laßt uns nicht in die Stadt schicken nach etwas, das wichtiger ist als unsere Tuche und Lebensmittel; und wenn wir schon die Meinungen der Stadt lesen, so laßt uns eigene Meinungen hegen.

Zu den Maßnahmen, die zu treffen sind, sollte meiner Ansicht nach ein ebenso ernster und energischer Angriff auf die Presse gehören, wie er bereits, und mit Erfolg, auf die Kirche geführt worden ist. Die Kirche hat sich innerhalb weniger Jahre bedeutend gebessert, doch die Presse ist beinahe ohne Ausnahme korrupt. Ich glaube, daß in diesem Land die Presse einen größeren und schädlicheren Einfluß ausübt als die Kirche in ihren schlimmsten Zeiten. Wir sind kein frommes Volk, sondern wir sind eine Nation von Politikern. Wir kümmern uns nicht um die Bibel, sondern wir kümmern uns um die Zeitung. Wie unpassend wäre es, auf einer Versammlung von Politikern – wie zum Beispiel auf der an jenem Abend in Concord – aus der Bibel zu zitieren, wie passend hingegen, aus einer Zeitung oder aus der Verfassung zu zitieren! Die Zeitung ist eine Bibel, die wir jeden Morgen und jeden Abend lesen, im Stehen und im Sitzen, im Fahren und im Gehen. Sie ist eine Bibel, die jedermann in der Tasche trägt, die auf jedem Tisch und auf jedem Ladentisch liegt und die von der Post und von Tausenden von

Missionaren ständig verteilt wird. Sie ist, kurz gesagt, das einzige Buch, das Amerika gedruckt hat und das Amerika liest. So groß ist ihr Einfluß. Der Herausgeber ist ein Prediger, den ihr freiwillig unterstützt. Eure Gebühr beträgt im allgemeinen einen Cent pro Tag, und es kostet euch keine Kirchstuhlmiete. Aber wie viele dieser Prediger predigen die Wahrheit? Ich wiederhole die Aussage so manches gebildeten Fremden wie auch meine eigene Überzeugung, wenn ich sage, daß vielleicht kein Land je von einer so erbärmlichen Klasse von Tyrannen regiert wurde, wie es, mit ein paar edlen Ausnahmen, die Herausgeber der regelmäßig erscheinenden Presse in *diesem* Lande sind. Und da sie nur durch ihre Unterwürfigkeit leben und regieren und dadurch, daß sie an die schlechtere, nicht an die bessere Natur des Menschen appellieren, befinden sich ihre Leser in der Lage des Hundes, der zu seinem Erbrochenen zurückkehrt.

Der »Liberator« und das »Commonwealth« waren, soviel ich weiß, die einzigen Zeitugen in Boston, die sich mit einer Verdammung der Feigheit und Niedertracht der Behörden dieser Stadt, wie sie sich im Jahre 51 zeigte, zu Wort meldeten. Die anderen Tagblätter haben fast ausnahmslos durch die Art, wie sie über das »Gesetz über flüchtige Sklaven« und die Rückführung des Sklaven Simms berichteten, den gesunden Menschenverstand des Landes zumindest beleidigt. Und im großen und ganzen taten sie das, so könnte man sagen, weil sie sich so die Zustimmung ihrer Gönner zu sichern dachten, ohne zu merken, daß im Herzen des Commonwealth ein gesünderes Empfinden herrschte. Man sagt mir, daß sich einige von ihnen in jüngster Zeit gebessert hätten, doch sie sind noch immer überaus opportunistisch. Das ist der Ruf, den sie sich erworben haben.

Aber glücklicherweise ist dieser Prediger durch die Waffen des Reformers noch leichter zu treffen als der falsche Priester. Die freien Männer von Neuengland müssen es nur unterlassen, diese Blätter zu kaufen und zu lesen, sie brauchen nur ihre

Cents zurückzuhalten, um zwei Dutzend von ihnen auf einmal zu vernichten. Jemand, den ich schätze, hat mir gesagt, daß er Mitchells »Citizen« im Zug gekauft und dann aus dem Fenster geworfen habe. Aber wäre seine Verachtung nicht vernichtender ausgedrückt worden, wenn er ihn nicht gekauft hätte?

Sind es Amerikaner, sind es Neuengländer, sind es Einwohner von Lexington und Concord und Framingham, die die Bostoner Zeitungen »Post«, »Mail«, »Journal«, »Advertiser«, »Courier« und »Times« lesen und unterstützen? Sind das die Flaggen unserer Union? Ich bin kein Zeitungsleser und versäume es hier vielleicht, die schlimmsten zu nennen.

Läßt Sklaverei vollkommenere Unterwürfigkeit denken als das, was einige dieser Zeitungen vorführen? Gibt es irgendwelchen Staub, den ihr Betragen nicht leckt und mit seinem Schleim noch widerlicher macht? Ich weiß nicht, ob der Bostoner »Herald« noch existiert, aber ich erinnere mich, ihn in den Straßen gesehen zu haben, als Simms fortgeschafft wurde. Hat er seine Rolle nicht gut gespielt, hat er seinem Herrn nicht treu gedient? Wie hätte er noch tiefer sinken können, da er schon auf dem Bauche kroch? Wie kann sich jemand noch tiefer krümmen, wenn er schon am Boden ist? Was kann er mehr tun, als seine Extremitäten an die Stelle seines Kopfes zu setzen, als seinen Kopf zu seiner unteren Extremität zu machen? Als ich diese Zeitung mit spitzen Fingern aufhob, hörte ich in jeder Spalte das Glucksen der Kloake. Ich hatte das Gefühl, daß ich eine aus der Gosse aufgelesene Zeitung in der Hand hielt, ein Blatt aus dem Evangelium der Spielhölle, der Schnapsbude und des Bordells, das mit dem Evangelium der Handelsbörse harmoniert.

Die Männer aus dem Norden und aus dem Süden und dem Osten und dem Westen sind in ihrer Mehrzahl keine Männer von Grundsätzen. Wenn sie zur Wahl gehen, schicken sie niemanden mit Aufträgen der Humanität in den Kongreß; und während ihre Brüder und Schwestern gezüchtigt und gehängt werden, weil sie die Freiheit lieben, während – hier könnte ich all das einsetzen, was die Sklaverei ausmacht –, sorgen sie sich wegen der Mißwirtschaft bei Holz und Eisen und Steinen und Gold. Tu, was du willst, o Regierung, mit meiner Frau und meinen Kindern, meiner Mutter und meinem Bruder, meinem Vater und meiner Schwester, ich werde deine Befehle genau befolgen. Es wird mich natürlich schmerzen, wenn du ihnen weh tust, wenn du sie Aufsehern übergibst, um sie von Hunden hetzen oder zu Tode prügeln zu lassen, aber dennoch werde ich friedlich meinem gewählten Beruf auf dieser schönen Erde nachgehen, bis ich dich vielleicht eines Tages, wenn ich für diese Toten Trauer trage, überredet haben werde nachzugeben. Das ist die Haltung, das sind die Worte von Massachusetts.

Ich muß nicht sagen, zu welchem Streichholz ich greifen würde, welches System ich würde in die Luft sprengen wollen, ehe ich das tue; doch da ich das Leben liebe, würde ich für das Licht Partei ergreifen und die dunkle Erde unter mir wegrollen lassen und meine Mutter und meinen Bruder rufen, mir zu folgen.

Ich möchte meine Landsleute daran erinnern, daß sie zuerst Menschen sein sollen, Amerikaner erst zu einer späteren, günstigen Stunde. Es ist gleichgültig, wie wertvoll das Gesetz ist, um euer Eigentum zu schützen, ja, selbst, um Leib und Seele zusammenzuhalten, wenn es nicht euch und die Humanität zusammenhält.

Ich bedaure, sagen zu müssen, daß ich bezweifle, ob es in Massachusetts einen Richter gibt, der bereit ist, sein Amt niederzulegen und sich seinen Lebensunterhalt auf unschädliche Weise zu verdienen, wenn man von ihm verlangt, ein Urteil zu fällen nach einem Gesetz, das dem Gesetz Gottes völlig zuwiderläuft. Ich bin zu sehen genötigt, daß sie sich in dieser Hinsicht mit dem Marineinfanteristen auf eine Stufe stellen – oder vielmehr ihrer Natur nach mit ihm auf einer Stufe stehen –, der seine Muskete in jede Richtung abfeuert, die man ihm befiehlt. Sie sind ebensosehr Werkzeug und ebensowenig Menschen. Sicher muß man sie nicht höher achten, weil ihr Herr ihren Verstand und ihr Gewissen versklavt statt ihre Körper.

Die Richter und Rechtsanwälte – ich meine, einfach als solche – und alle Männer des Zweckdenkens verhandeln diesen Fall nach einem sehr niedrigen und unzulänglichen Maßstab. Sie erwägen nicht, ob das »Gesetz über flüchtige Sklaven« rechtens ist, sondern, ob es dem entspricht, was sie *verfassungsgemäß* nennen. Ist die Tugend verfassungsgemäß oder das Laster? Ist Gerechtigkeit verfassungsgemäß oder Ungerechtigkeit? Bei bedeutsamen moralischen und lebenswichtigen Problemen wie diesem ist die Frage, ob ein Gesetz verfassungsgemäß ist oder nicht, ebenso unverschämt wie die Frage, ob es gewinnbringend ist oder nicht. Sie sind weiterhin die Diener der schlimmsten unter den Menschen und nicht die Diener der Humanität. Die Frage lautet nicht, ob du eine Vereinbarung abgeschlossen hast, um dem Teufel zu dienen, oder ob das dein Großvater vor siebzig Jahren getan hat und dieser Dienst jetzt fällig ist, sondern, ob du jetzt endlich einmal Gott dienen willst – trotz deiner früheren Feigheit oder der deiner Vorfahren –, indem du jene ewige und einzig gerechte VERFASSUNG befolgst, die ER, und nicht irgendein Jefferson oder Adams, in dein Sein eingeschrieben hat.

Es läuft darauf hinaus: Wenn die Mehrheit den Teufel zum Gott wählt, wird die Minderheit ihr Leben und ihr Verhalten danach einrichten – und dem erfolgreichen Kandidaten gehorchen, im Vertrauen darauf, daß sie, durch die ausschlaggebende Stimme eines Vorsitzenden, Gott vielleicht früher oder später wieder einsetzen kann. Das ist der oberste Grundsatz, den ich bei meinen Nachbarn erkennen kann. Diese Männer handeln, als glaubten sie, sie könnten ein kleines Stück – oder ein ziemliches Stück – einen Hügel hinuntergleiten und nach und nach sicher zu einer Stelle kommen, von wo aus sie wieder hinaufgleiten können. Das ist Zweckdenken oder die Entscheidung für einen Weg, der den Füßen die geringsten Hindernisse bietet – d.h. einen Weg nach unten. Doch eine redliche Reform kann man nicht erreichen, indem man den Grundsatz der »Zweckdienlichkeit« anwendet. Ein Hügelangleiten gibt es nicht. In der Moral sind die einzigen, die gleiten, diejenigen, die abgleiten.

So beten wir ständig den Mammon an, alle, Schule und Staat und Kirche, und am siebenten Tag verfluchen wir Gott mit einem Getöse, das von einem Ende der Union zum anderen schallt.

Wird die Menschheit nie lernen, daß Politik nicht Moral ist, daß sie nie ein moralisches Recht sichert, sondern nur erwägt, was zweckdienlich ist, daß sie den nächsten besten Kandidaten wählt – es ist unweigerlich der Teufel –, und welches Recht haben seine Wähler, überrascht zu sein, weil der Teufel sich nicht wie ein Engel des Lichts benimmt? Was gebraucht wird, sind Männer der Redlichkeit, nicht der Politik, Männer, die ein höheres Gesetz als die Verfassung oder die Entscheidung der Mehrheit anerkennen. Das Schicksal des Landes hängt nicht davon ab, wie du wählst – der schlechteste Mann ist bei dem Spiel genauso stark wie der beste; es hängt nicht davon ab, welches Papier du einmal im Jahr in die Wahlurne steckst, sondern davon, was für einen Menschen du jeden Morgen aus deinem Zimmer auf die Straße schickst.

Was Massachusetts kümmern sollte, ist nicht das Nebraska-Gesetz, auch nicht das »Gesetz über flüchtige Sklaven«, sondern seine eigene Sklavenhalterei und Unterwürfigkeit. Laßt den Staat seine Union mit dem Sklavenhalter lösen! Er mag sich winden, er mag zögern und darum bitten, die Verfassung noch einmal lesen zu dürfen, aber er wird kein anständiges Gesetz, keine Vorentscheidung finden, wodurch das Fortbestehen einer solchen Union auch nur für einen Augenblick gerechtfertigt würde.

Laßt jeden Einwohner des Staates seine Union mit ihm lösen, solange der Staat zögert, seine Pflicht zu tun.

Die Ereignisse des letzten Monats haben mich gelehrt, dem Ruhm zu mißtrauen. Ich sehe, daß er nicht genau zu unterscheiden vermag, sondern grob Hurra schreit. Ihn kümmert nicht das schlichte Heldentum einer Handlung, ihn interessieren nur deren wahrnehmbare Folgen. Er lobt den leichten Erfolg des Bostoner Teesturms, bis er heiser ist, bleibt aber ziemlich schweigsam, was den tapfereren und viel uneigennützigeren und heldenhafteren Angriff auf das Bostoner Gerichtsgebäude angeht, nur, weil er erfolglos war!

Mit Schande bedeckt, hat der Staat unverfroren Beratungen begonnen, um den Männern, die versucht haben, ihre Pflicht für ihn zu tun, den Prozeß zu machen. Und das heißt *Gerechtigkeit*! Diejenigen, die gezeigt haben, daß sie sich besonders gut führen können, werden vielleicht *für ihre gute Führung* in Fesseln gelegt. Diejenigen, denen gegenwärtig die Wahrheit gebietet, sich schuldig zu bekennen, sind vor allen anderen Einwohnern des Staates unschuldig. Während der Gouverneur, der Bürgermeister und zahllose Beamte des Commonwealth auf freiem Fuß sind, werden die Verfechter der Freiheit gefangengehalten.

Nur die sind frei von Schuld, die das Verbrechen der Mißachtung eines solchen Gerichts begehen. Es geziemt sich für jedermann, darauf zu achten, daß sein Einfluß auf der Seite der Gerechtigkeit ist, und die Gerichte für ihren eigenen Ruf sorgen zu lassen. Meine ganze Sympathie in diesem Prozeß gilt den Angeklagten und meine ganze Antipathie ihren Anklägern und Richtern. Gerechtigkeit ist süß und melodisch, doch Ungerechtigkeit ist mißtönend und unharmonisch. Der Richter dreht noch immer an seiner Orgel, doch sie bringt keine Musik hervor, und wir hören nur das Geräusch der Kurbel. Er glaubt, daß alle Musik in der Kurbel wohnt, und die Menge wirft ihm ihre Kupfermünzen zu wie zuvor.

Meint ihr, daß dieses Massachusetts, das sich jetzt diese Dinge leistet – das zögert, diese Männer zu ehren, während einige Anwälte, ja, selbst einige Richter vielleicht dazu getrieben werden, zu irgendeiner armseligen Wortklauberei Zuflucht zu nehmen, damit sie ihrem instinktiven Gerechtigkeitssinn nicht völlig Gewalt antun –, meint ihr, daß dieses Massachusetts etwas anderes ist als niederträchtig und unterwürfig, daß es der Verfechter der Freiheit ist?

Zeigt mir einen freien Staat und ein Gericht, das wahrhaft Recht spricht, und ich werde, wenn es nottut, für sie kämpfen! Zeigt mir dagegen Massachusetts, und ich verweigere ihm die Treue und drücke seinen Gerichten meine Verachtung aus.

Eine gute Regierung steigert den Wert des Lebens, eine schlechte mindert ihn. Wir können es ertragen, wenn die Eisenbahn und alle rein materiellen Dinge etwas an Wert verlieren, denn das zwingt uns, einfacher und sparsamer zu leben; aber stellt euch vor, der Wert des Lebens selbst verringerte sich! Wie können wir an den Menschen und an die Natur geringere Ansprüche stellen, wie können wir in bezug auf die Tugend und alle edlen Eigenschaften sparsamer leben als jetzt? Ich lebe schon seit einem Monat mit der Empfindung, einen großen und unbestimmten Verlust erlitten zu haben, und ich glaube, daß jeder in Massachusetts, der des Gefühls des Patriotismus fähig ist, eine ähnliche Erfahrung gemacht haben muß. Ich wußte zunächst nicht, was mich schmerzte. Schließlich wurde mir klar – was ich verloren hatte, war ein Land. Ich habe die Regierung, in deren Nähe ich lebte, nie geachtet, doch ich hatte törichterweise geglaubt, ich könnte imstande sein, hier zu leben, mich um meine persönlichen Angelegenheiten kümmern und damit genug. Was mich angeht, so kann ich gar nicht sagen, wieviel meine ältesten und liebsten Beschäftigungen von ihrer Anziehungskraft verloren haben, und ich spüre, daß meine Investition in ein Leben hier um viele Prozente weniger wert ist, seit Massachusetts jüngst einen unschuldigen Mann,

Anthony Burns, in die Sklaverei zurückgeschickt hat. Vorher habe ich vielleicht in der Illusion gelebt, daß mein Leben nur irgendwo *zwischen* Himmel und Hölle verlief, aber jetzt kann ich mir nicht mehr einreden, daß ich nicht *gänzlich in* der Hölle lebe. Für mich ist das Gelände dieser politischen Organisation, die sich Massachusetts nennt, moralisch mit vulkanischer Schlacke und Asche bedeckt, wie Milton sie für die Regionen der Hölle beschreibt. Wenn es eine Hölle gibt, noch ärmer an Grundsätzen als unsere Herrschenden und wir, die Beherrschten, so bin ich gespannt, sie kennenzulernen. Da das Leben selbst weniger wert ist, sind mit ihm alle Dinge, die ihm dienen, weniger wert. Angenommen, ihr habt eine kleine Bibliothek – Bilder schmücken ihre Wände, ringsherum ist ein Garten angelegt – und ihr treibt wissenschaftliche und literarische Studien, und auf einmal entdeckt ihr, daß sich eure Villa mit allem, was darin ist, in der Hölle befindet und daß der Friedensrichter einen Pferdefuß und einen gespaltenen Schwanz hat – verlieren dann diese Dinge in euren Augen nicht plötzlich ihren Wert?

Ich finde, daß der Staat meine rechtmäßigen Geschäfte gefährlich behindert hat. Er hat mich nicht nur auf meinem Weg durch die Gerichtsstraße bei geschäftlichen Besorgungen aufgehalten, sondern er hat mich wie jedermann aufgehalten auf dem Weg nach vorn, nach oben, auf dem man die Gerichtsstraße bald weit hinter sich zu lassen gehofft hatte. Welches Recht hatte er, mich an die Gerichtsstraße zu erinnern? Ich habe *das* hohl gefunden, dem selbst ich als solide vertraut hatte.

Ich bin erstaunt, Männer ihren Gedanken nachgehen zu sehen, als ob nichts geschehen sei. Ich sage mir: »Unglückliche! Sie haben die Nachricht nicht gehört.« Ich bin erstaunt, daß der Mann, den ich eben zu Pferde sah, so eifrig versucht, seine neu gekauften Kühe, die ihm gerade davonlaufen, einzuholen – da doch alles Eigentum unsicher ist, und wenn sie nicht wieder davonlaufen, werden sie ihm vielleicht weggenommen, wenn er sie wiederhat. Der Narr! Weiß er nicht, daß sein Saatgetreide dieses Jahr weniger wert ist, daß alle Ernten mißraten, wenn man sich dem Reich der Hölle nähert? Kein vernünftiger Mensch wird unter diesen Umständen ein Steinhaus bauen oder sich irgendeiner friedlichen Unternehmung widmen, deren Vollendung eine lange Zeit braucht. Die Kunst ist so lang wie je, aber das Leben ist zerrissener, und weniger davon steht bereit für die eigentlichen Arbeiten eines Menschen. Es ist keine Epoche der Muße. Wir haben all unsere ererbte Freiheit aufgebraucht. Wenn wir unser Leben retten wollen, müssen wir dafür kämpfen.

Ich gehe zu einem unserer Teiche; doch was bedeutet Schönheit der Natur, wenn die Menschen gemein sind? Wir wandern zu Seen, um die Ruhe unseres Gemüts darin gespiegelt zu sehen; wenn wir nicht ruhig sind, gehen wir nicht hin. Wer kann ruhig sein in einem Land, wo weder die Herrschenden noch die Beherrschten Grundsätze haben? Die Erinnerung an mein Land verdirbt meinen Spaziergang. Meine Gedanken sind Mord am Staat, und unwillkürlich verschwören sie sich gegen ihn.

Aber neulich traf es sich, daß ich eine weiße Seerose roch, und eine Jahreszeit, auf die ich gewartet hatte, war gekommen. Sie ist das Sinnbild der Reinheit. Sie bricht auf, so rein und schön für das Auge und so süß für die Nase, als ob sie uns zeigen wolle, welche Reinheit und Süße im Schmutz und Schlamm der Erde wohnen und daraus hervorgehen können. Ich glaube, ich habe die erste gepflückt, die sich im Umkreis einer Meile geöffnet hat. Welche Bekräftigung unserer Hoffnungen liegt in dem Duft dieser Blüte! Ihretwegen werde ich nicht so bald an der Welt verzweifeln, trotz Sklaverei, trotz der Feigheit und des Mangels an Grundsätzen bei den Männern des Nordens. Sie läßt ahnen, welche Gesetze am längsten und am umfassendsten gewirkt haben und noch wirken und daß vielleicht die Zeit kommt, da die Taten der Menschen genauso süß duften werden. Einen solchen Wohlgeruch strömt die Pflanze aus. Wenn die Natur diesen Duft noch immer Jahr für Jahr zu mischen vermag, dann glaube ich, daß sie noch jung und voller Lebenskraft ist, daß ihre Reinheit und ihre Schöpferkraft ungeschmälert sind und daß es Tugend auch im Menschen gibt, der gemacht ist, sie wahrzunehmen und zu lieben. Sie erinnern mich daran, daß die Natur noch für keinen Missouri-Kompromiß ein Partner gewesen ist. Ich spüre keinen Kompromiß im Duft der Seerose. Sie ist keine *Nymphaea* DOUGLASSII. In ihr sind das Süße, das Reine und das Unschuldige vollkommen vom Schmutzigen und Bösen getrennt. Ich spüre darin nichts von der opportunistischen Unentschlossenheit eines Gouverneurs von Massachusetts oder eines Bürgermeisters von Boston. Verhaltet euch so, daß der Geruch eurer Handlungen die allgemeine Süße der Atmosphäre steigere, daß wir, wenn wir eine Blüte betrachten oder riechen, nicht daran erinnert werden, wie unvereinbar eure Taten damit sind; denn aller Geruch ist nur eine Form der Offenbarung einer moralischen Eigenschaft, und wären keine gerechten Taten getan worden, würde die Seerose nicht süß duften. Der faule Schlamm steht für die Trägheit und das Laster der Menschen, für den Verfall der Humanität, die duftende Blüte, die daraus entspringt, für die Reinheit und den Mut, die unsterblich sind.

Sklaverei und Unterwürfigkeit haben alljährlich keine süß duftende Blüte hervorgebracht, um die Sinne der Menschen zu erfreuen, denn sie haben kein wirkliches Leben: sie sind nur Verwesung und Tod, allen gesunden Nasen zuwider. Wir beklagen uns nicht, daß sie *leben*, sondern daß sie nicht *begraben werden*. Laßt die Lebenden sie begraben; selbst sie sind gut als Dünger.

Vom Gehen

Walking
Zuerst erschienen 1862 im »Atlantic Monthly«, Boston, einen Monat nach Thoreaus Tod

Ich möchte ein Wort einlegen für die Natur, für absolute Freiheit und Wildheit, im Gegensatz zu einer nur zivilisierten Freiheit und Kultur – ich möchte den Menschen eher als einen Bewohner oder wesentlichen Bestandteil der Natur betrachten denn als ein Mitglied der Gesellschaft. Ich möchte radikal sein in meiner Aussage, um ihr dadurch Nachdruck zu verleihen, denn die Zivilisation hat Fürsprecher genug: Der Pfarrer und der Schulausschuß und jeder von euch kümmern sich darum.

Ich habe im Laufe meines Lebens nur ein oder zwei Menschen getroffen, die sich auf die Kunst des Gehens verstanden, das heißt, auf die Kunst, Spaziergänge zu machen – die sozusagen eine natürliche Begabung für das *sauntering* hatten, ein Wort, das sich in schöner Weise herleitet »von mäßigen Leuten, die im Mittelalter das Land durchstreiften und um Almosen baten unter dem Vorwand, sie gingen *à la Sainte Terre*«, nach dem Heiligen Land, bis die Kinder ausriefen: »Da geht ein *Sainte-Terrer*«, ein Saunterer, einer, der nach dem Heiligen Land geht. Diejenigen, die auf ihren Gängen niemals, wie sie vorgeben, nach dem Heiligen Land gehen, sind tatsächlich bloße Müßiggänger und Landstreicher; aber diejenigen, die wirklich dorthin gehen, sind Saunterer in dem guten Sinne, den ich meine. Manche jedoch möchten das Wort von *sans terre*, ohne Land oder Zuhause, ableiten, was daher im guten Sinne bedeutet, ohne eigenes Zuhause, aber überall gleichermaßen zu Hause. Denn das ist das Geheimnis erfolgreichen Gehens. Wer die ganze Zeit in einem Haus stillsitzt, kann der größte Vagabund von allen sein; aber der Saunterer im guten Sinn des Wortes hat nicht mehr von einem Vagabunden als der sich schlängelnde Fluß, der dennoch beharrlich den kürzesten Weg zum Meer sucht. Doch ich ziehe die erste Ableitung vor, die tatsächlich die wahrscheinlichste ist. Denn jeder Gang ist eine Art Kreuzzug, den irgendein Peter der Einsiedler in uns predigt, auf daß wir ausziehen und das Heilige Land aus den Händen der Ungläubigen zurückerobern.

Es ist wahr, wir sind nur kleinmütige Kreuzfahrer, selbst die Spaziergänger heutzutage, die keine ausdauernden, endlosen Unternehmungen wagen. Unsere Expeditionen sind nur Ausflüge und führen am Abend zu dem alten Platz am Herd zurück, von dem wir aufgebrochen sind. Der halbe Spaziergang besteht lediglich darin, daß wir unseren eigenen Weg zurückgehen. Wir sollten vielleicht auch zum kürzesten Gang ausziehen im Geist unvergänglichen Abenteuers, um nie zurückzukehren – bereit, nur unsere einbalsamierten Herzen als Reliquien in unsere verlassenen Königreiche zurückzuschicken. Wenn du bereit bist, Vater und Mutter und Bruder und Schwester und Frau und Kind und Freunde zu verlassen und sie nie mehr wiederzusehen – wenn du deine Schulden bezahlt und dein Testament gemacht und alle deine Angelegenheiten geregelt hast und ein freier Mann bist, dann bist du bereit zu einem Gang.

Um auf meine eigene Erfahrung zu kommen: Mein Begleiter und ich – denn manchmal habe ich einen Begleiter – finden Vergnügen daran, uns als Ritter eines neuen oder vielmehr alten Ordens zu denken – nicht als Equestres oder Chevaliers, nicht als Ritter oder Reiter, sondern als Fußreisende, eine noch ältere und ehrenwertere Klasse, wie ich glaube. Der ritterliche und heroische Geist, der einst dem Reiter eignete, scheint heute im Spaziergänger zu wohnen oder sich vielleicht in ihn gesenkt zu haben – nicht in den fahrenden Ritter, sondern den Spaziergänger. Er ist eine Art vierter Stand außerhalb von Kirche, Staat und Volk.

Wir haben bemerkt, daß wir in dieser Gegend fast allein diese edle Kunst übten; obwohl, um die Wahrheit zu sagen, die meisten meiner Mitbürger, wenigstens wenn man ihren eigenen Versicherungen glauben darf, gern manchmal so gehen würden wie ich, doch sie können es nicht. Kein Reichtum kann die erforderliche Muße, Freiheit und Unabhängigkeit kaufen, die das Kapital in diesem Beruf sind. Es kommt nur aus der Gnade Gottes. Ein direkter Dispens vom Himmel ist nötig, um ein Spaziergänger zu werden. Man muß in die Familie der Spaziergänger geboren werden. *Ambulator nascitur, non fit.* Einige meiner Mitbürger können sich freilich an ein paar Gänge erinnern – und sie haben sie mir beschrieben –, die sie vor zehn Jahren gemacht haben und auf denen sie so glücklich waren, sich für eine halbe Stunde im Wald zu verlieren; aber ich weiß sehr wohl, daß sie sich seither stets auf die Landstraße beschränkt haben, sosehr sie auch beanspruchen mögen, zu dieser exklusiven Klasse zu gehören. Zweifellos waren sie für einen Augenblick erhoben, gleichsam wie durch die Erinnerung an ein früheres Dasein, als auch sie Waldbewohner und Geächtete waren.

»Als er kam zum grünen Wald
    In der Morgenstunde
Brachten Vogelstimmen ihm
    Innig süße Kunde.

Es ist lange her, sagt Robin,
  Daß ich einst war hier;
Den Lauf will richten ich mit Lust
  Auf das braune Tier.«

Ich glaube, ich kann meine Gesundheit und meine Lebensgeister nicht erhalten, wenn ich nicht wenigstens vier Stunden täglich – und gewöhnlich sind es noch mehr – damit zubringe, durch die Wälder und über die Hügel und Felder zu gehen, vollkommen frei von allen weltlichen Verpflichtungen. Ihr mögt fragen: Woran denkt er denn eigentlich dabei? Wenn ich manchmal daran erinnert werde, daß die Handwerker und Krämer nicht nur den ganzen Vormittag, sondern auch den ganzen Nachmittag in ihren Läden bleiben, wo ihrer so viele mit übergeschlagenen Beinen dasitzen – als wären die Beine zum Sitzen geschaffen und nicht zum Stehen oder Gehen –, dann meine ich, daß sie einige Anerkennung verdienen, weil sie alle nicht schon längst Selbstmord begangen haben.

Ich, der ich nicht einen einzigen Tag in meinem Zimmer bleiben kann, ohne einigen Rost anzusetzen, und wenn ich mich manchmal erst um die elfte Stunde zu einem Gang davongestohlen habe oder um vier Uhr nachmittags, zu spät, um den Tag zu retten, da die Schatten der Nacht schon begannen, sich mit dem Tageslicht zu vermischen, dann war mir, als hätte ich eine Sünde begangen, die ich sühnen müsse – ich bekenne, daß ich erstaunt bin über die Ausdauer, ganz zu schweigen von der inneren Unempfindlichkeit meiner Nachbarn, die sich Wochen und Monate, ja, Jahre hindurch den ganzen Tag an Läden und Büros fesseln. Ich weiß nicht, aus welchem Stoff sie sind – daß sie jetzt, um drei Uhr nachmittags, dort sitzen, als ob es drei Uhr morgens wäre. Bonaparte mag von dem Drei-Uhr-Morgens-Mut sprechen, aber der ist nichts gegen den Mut, der zu dieser Stunde des Nachmittags fröhlich das eigene Ich belagern kann, mit dem man schon den ganzen Vormittag zugebracht hat, um eine Garnison auszuhungern, an die man durch solch starke Bande der Zuneigung gefesselt ist. Ich wundere mich, daß um diese Zeit, oder sagen wir, zwischen vier und fünf Uhr nachmittags, zu spät für die Morgen- und zu früh für die Abendzeitungen, nicht überall auf der Straße eine Explosion zu hören ist, die eine Legion überholter und hausbackener Ansichten und Launen in alle vier Winde zerstreut zum Auslüften – und das Übel sich so selbst heilt.

Wie die Frauen, die noch mehr ans Haus gefesselt sind als die Männer, das überstehen, weiß ich nicht; aber ich habe Grund zu der Annahme, daß es die meisten überhaupt nicht über*stehen.* Wenn wir uns früh an einem Sommernachmittag den Staub des Dorfes vom Saum unserer Kleider schütteln, um die Häuser rasch hinter uns zu lassen mit den rein dorischen oder gotischen Fassaden, um die so eine Atmosphäre der Stille ist, dann flüstert mein Begleiter, daß die Bewohner um diese Zeit vielleicht alle zu Bett gegangen seien. Das ist die Zeit, da ich empfänglich bin für die Schönheit und Pracht der Architektur, die sich selbst nie hinlegt, sondern stets sich heraushebt und aufrecht steht, über die Schläfer wachend.

Ohne Zweifel hat das Temperament und vor allem das Alter ziemlich viel damit zu tun. Wenn ein Mensch älter wird, wächst seine Fähigkeit, stillzusitzen und Beschäftigungen im Hause nachzugehen. Er wird abendlich in seinen Gewohnheiten, da der Abend des Lebens naht, bis er schließlich nur noch kurz vor Sonnenuntergang herauskommt und ihm für den Gang, den er braucht, eine halbe Stunde genügt.

Doch das Gehen, von dem ich spreche, hat nichts zu tun damit, daß man sich, wie es heißt, Bewegung macht, so, wie die Kranken zu festgesetzten Stunden Medizin einnehmen, wie man Hanteln oder Stühle schwingt, sondern ist selbst das Unternehmen und Abenteuer des Tages. Wenn ihr Bewegung haben wollt, so geht auf die Suche nach den Quellen des Lebens. Wenn man sich vorstellt, daß jemand um seiner Gesundheit willen Hanteln schwingt, während jene Quellen auf weit entfernten Weiden sprudeln, die er nicht sucht!

Außerdem müßt ihr gehen wie ein Kamel, das das einzige Tier sein soll, das im Gehen wiederkäut. Als ein Reisender Wordsworth' Dienerin bat, ihm das Studierzimmer ihres Herrn zu zeigen, antwortete sie: »Hier ist seine Bibliothek, aber sein Studierzimmer ist im Freien.«

Lebt man viel im Freien, in Sonne und Wind, so bringt das ohne Zweifel eine gewisse Rauheit des Charakters hervor – es läßt eine dicke Oberhaut wachsen über einige der feineren Eigenschaften unserer Natur, wie im Gesicht und an den Händen, oder wie schwere manuelle Arbeit den Händen etwas von ihrem zarten Tastsinn raubt. So kann andererseits das Verweilen im Hause eine Weichheit und Glätte, um nicht zu sagen Feinheit der Haut erzeugen, begleitet von einer erhöhten Sensibilität für bestimmte Eindrücke. Vielleicht wären wir empfänglicher für gewisse Einflüsse, die für unser geistiges und moralisches Wachstum wichtig sind, wenn die Sonne etwas weniger auf uns geschienen, wenn der Wind uns etwas weniger umweht hätte; und zweifellos ist es eine schöne Sache, die dicke und die dünne Haut in das richtige Verhältnis zueinander zu bringen. Doch mir scheint, das ist ein Schorf, der schnell genug abfallen wird – daß das natürliche Heilmittel in dem Verhältnis zu finden ist, das die Nacht zum Tage hat, der Winter zum Sommer, der Gedanke zur Erfahrung. Um soviel mehr Luft und Sonnenschein wird es in unseren Gedanken geben. Die schwieligen Handflächen des Arbeiters sind vertraut mit feineren Geweben von Selbstachtung und Heldentum, deren Berührung das Herz erbeben läßt, als die schlaffen Finger des Müßiggangs. Das ist bloße Rührseligkeit, was da bei Tag im Bett liegt und sich weiß vorkommt, fern von der Bräune und den Schwielen der Erfahrung.

Wenn wir spazierengehen, gehen wir natürlich in die Felder und Wälder: Was würde aus uns werden, ergingen wir uns nur in einem Garten oder auf einer Promenade? Selbst einige Schulen von Philosophen haben die Notwendigkeit gefühlt, sich den Wald nahezubringen, da sie nicht in den Wald gingen. »Sie pflanzten Haine und Alleen von Platanen« in offenen Säulengängen, wo sie *subdiales ambulationes* unternahmen. Natürlich hat es keinen Zweck, unsere Schritte in den Wald zu lenken, wenn sie uns nicht dorthin tragen. Es beunruhigt mich, wenn es vorkommt, daß ich mit dem Körper eine Meile in den Wald gegangen bin, ohne im Geist dorthin zu kommen. Auf meinem nachmittäglichen Gang möchte ich gern alle meine morgendlichen Beschäftigungen und meine Verpflichtungen gegenüber der Gesellschaft vergessen. Doch manchmal kommt es vor, daß ich das Dorf nicht ohne weiteres abschütteln kann. Der Gedanke an eine bestimmte Arbeit geht mir im Kopf herum, und ich bin nicht, wo mein Körper ist – ich bin von Sinnen. Auf meinen Wanderungen möchte ich gern zu meinen Sinnen zurückkehren. Was habe ich im Wald verloren, wenn ich an etwas außerhalb des Waldes denke? Ich beargwöhne mich und kann mich eines Schauders nicht erwehren, wenn ich mich so hineingezogen sehe in sogenannte gute Werke – denn das kann gelegentlich geschehen.

Meine nähere Umgebung bietet viele gute Spazierwege; und obwohl ich seit so vielen Jahren fast jeden Tag spazierengehe, und manchmal gleich mehrere Tage lang, habe ich sie noch nicht erschöpft. Eine völlig neue Aussicht ist ein großes Glück, und das kann ich noch immer jeden Nachmittag haben. Ein Gang von zwei oder drei Stunden bringt mich in ein Land, das mir so unbekannt ist, wie ich es irgend zu sehen erwarte. Ein einsames Bauernhaus, das ich zuvor nicht gesehen hatte, ist manchmal ebensogut wie die Ländereien des Königs von Dahomey. Es gibt wirklich eine Art Harmonie zu entdecken zwischen den Möglichkeiten der Landschaft in einem Umkreis von zehn Meilen oder den Grenzen eines Nachmittagsspazierganges und den siebzig Jahren des menschlichen Lebens. Sie wird euch niemals ganz vertraut werden.

Beinahe alle sogenannten Verbesserungen der Menschen, wie das Bauen von Häusern und das Abholzen des Waldes, das Fällen aller großen Bäume, verunstalten heutzutage nur die Landschaft und machen sie immer zahmer und wertloser. Wollte doch ein Volk damit beginnen, die Zäune zu verbrennen, und den Wald stehenlassen! Ich sah die Zäune halb zerstört, ihre Enden verloren mitten in der Prärie, und irgendein habgieriger Mensch suchte zusammen mit einem Landvermesser nach seinen Grenzsteinen, während sich rings um ihn der Himmel ereignet hatte, und er sah nicht die Engel auf und ab gehen, sondern hielt inmitten des Paradieses Ausschau nach einem alten Pfostenloch. Ich blickte noch einmal hin und sah ihn mitten in einem morastigen stygischen Sumpf stehen, umringt von Teufeln, und er hatte ohne Zweifel seine Grenzsteine gefunden, drei kleine Steine, bei denen ein Pfahl eingetrieben worden war; und als ich genauer hinsah, sah ich, daß der Fürst der Finsternis sein Landvermesser war.

Ich kann von meiner eigenen Tür aus leicht zehn, fünfzehn, zwanzig, ja, beliebig viele Meilen gehen, ohne an einem Haus vorüberzukommen, ohne an anderer Stelle als der Fuchs und der Mink eine Straße zu kreuzen: zuerst den Fluß entlang, dann den Bach, dann die Wiese und den Waldrand. Es gibt auf Quadratmeilen in meiner näheren Umgebung nicht einen einzigen Bewohner. Von manchem Hügel kann ich von fern die Zivilisation und die Wohnungen der Menschen sehen. Die Farmer und ihre Werke sind kaum deutlicher sichtbar als Murmeltiere und ihre Höhlen. Der Mensch und seine Geschäfte, Kirche und Staat und Schule, Handel und Verkehr und Fabriken und Landwirtschaft, selbst die Politik, das beunruhigendste Geschäft von allen – ich sehe mit Freude, wie wenig Raum sie in der Landschaft einnehmen. Die Politik ist nur ein schmales Feld, und jene noch schmalere Landstraße dort führt zu ihr.

Ich weise manchmal den Reisenden dorthin. Wenn ihr zur politischen Welt gehen möchtet, so folgt der großen Straße – folgt dem Marktbesucher, behaltet seinen Staub im Auge, und der wird euch geradewegs hinführen; denn auch sie hat nur ihren Ort und nimmt nicht den ganzen Raum ein. Ich gehe von ihr wie von einem Bohnenfeld in den Wald, und sie ist vergessen. In einer halben Stunde kann ich davongehen zu einem Teil der Erdoberfläche, wo von einem Ende des Jahres zum anderen kein Mensch hinkommt, und dort ist folglich keine Politik, denn sie ist nichts als der Zigarrenrauch eines Mannes.

Das Dorf (village) ist der Ort, zu dem die Wege hinführen, eine Art Erweiterung der Landstraße, wie ein Fluß sich zu einem See erweitert. Es ist der Körper, und die Straßen sind seine Arme und Beine – ein trivialer oder quadrivialer Ort, ein Ort der drei oder vier Wege, die Durchgangsstraße und das Wirtshaus der Reisenden. Das Wort kommt vom lateinischen *villa*, das Varro zusammen mit *via*, Weg, oder, älter, *ved* und *vella*, von *veho*, bringen, tragen, befördern, herleitet, weil das Landgut mit dem Landhaus (villa) der Ort ist, von dem Dinge fort- und zu dem Dinge hingebracht werden. Von denen, die sich ihren Unterhalt durch Gespannfahren verdienten, hieß es *vellaturam facere*. Daher auch das lateinische Wort *vilis* und unser *vile* (gemein, verächtlich, wertlos) sowie *villain* (Schurke). Das deutet darauf hin, welcher Entartung Dorfbewohner (villagers) unterliegen. Sie sind zermürbt vom Reisen, das an ihnen vorbei- und über sie hinweggeht, ohne daß sie selbst reisen.

Manche gehen überhaupt nicht, andere gehen auf den Landstraßen; wenige gehen querfeldein. Straßen sind für Pferde und Geschäftsleute gemacht. Ich benutze sie verhältnismäßig wenig, weil ich es nicht eilig habe, zu einem Wirtshaus oder Kramladen oder Mietstall oder Bahnhof zu kommen, zu dem sie führen. Ich bin zwar ein gutes Pferd zum Reisen, aber nicht gern ein Reisepferd. Der Landschaftsmaler benutzt die Gestalten von Menschen, um eine Straße zu markieren. Er würde diesen Gebrauch von meiner Gestalt nicht machen. Ich gehe hinaus in eine Natur ähnlich der, in der die alten Propheten und Dichter, Menu, Moses, Homer, Chaucer sich ergingen. Ihr könnt sie Amerika nennen, aber sie ist nicht Amerika; weder Amerigo Vespucci noch Kolumbus, noch die übrigen waren ihre Entdecker. Es gibt einen getreueren Bericht davon in der Mythologie als in irgendeiner sogenannten Geschichte Amerikas, die ich gesehen habe.

Es gibt jedoch ein paar alte Straßen, die mit Gewinn betreten werden können, so, als ob sie irgendwohin führten, nun, da sie fast aufgegeben sind. Da ist die Old Marlborough Road, die, wie mir scheint, nun nicht mehr nach Marlborough geht, es sei denn, daß Marlborough dort liegt, wohin sie mich führt. Ich wage um so eher, hier davon zu sprechen, als ich annehme, daß es in jeder Stadt ein oder zwei solcher Straßen gibt.

Die Old Marlborough Road

Wo man grub einst nach Geld,
Keins fand auf dem Feld;
Wo manchmal Martial Miles
Allein geht jeweils,
Und Elijah Wood,
Da sei auf der Hut:
Kein andrer Mann,
Nur Elisha Dugan, –
Wilder Mann, willst fassen
Rebhühner und Hasen,
Hast keine Sorgen,
Legst nur Schlingen verborgen,
Du lebst ganz allein,
Hart scheint's zu sein,
Und wo das Leben am süßesten ist,
Du ständig ißt.

Reizt der Frühling mein Blut
Und treibt mich durchs Land,
Find ich genug Sand
Auf der Old Marlborough Road.
Niemand bessert sie aus,
Niemand fährt dort hinaus;
Es ist ein lebendiger Weg
Wie der Christ zu sagen pflegt.
Nicht viele gibt es
Die gehen dorthin,
Nur die Gäste des
Iren Quin.
Was ist es, was ist es
Andres als ein Weg also
Und die bloße Möglichkeit
Zu gehn nach irgendwo?
Wegweiser aus Stein,
Doch Reisende – nein;
Kenotaphs, die tragen
Der Städte Namen.
Es lohnt sich zu sehn,
Wohin du *könntst* gehn.
Welch' King
Gemacht das Ding,
Auf Antwort ich dring;
Vom Magistrat welcher Mann
Es gebaut wie oder wann,
Gourgas oder Lee,
Clark oder Darby?
Sie sind sehr bestrebt
Was zu sein, das fortlebt;
Leere Tafeln aus Stein,
Wo ein Reisender stöhnt,
Und in einem Satz

Ritzt alles Wissen dort ein;
Was ein andrer dann liest,
Wenn in Bedrängnis er ist.
Ich weiß ein oder zwei
Zeil'n – zweifelsfrei
Literatur von Bestand
Fürs ganze Land,
Die ein Mann könnt' behalten
Bis zum Dezember, dem kalten,
Sie wieder anzuschau'n
Im Frühjahr nach dem Tau'n.
Wenn phantasiebeseelt
Du verläßt deinen Ort,
Kannst du gehn um die Welt
Auf der Old Marlborough Road.

Im Augenblick ist in dieser Gegend der beste Teil des Landes kein privates Eigentum; die Landschaft gehört niemandem, und der Spaziergänger erfreut sich relativer Freiheit. Doch möglicherweise wird der Tag kommen, da sie in sogenannte Lustgärten aufgeteilt werden wird, in denen wenige nur einem beschränkten und exklusiven Vergnügen nachgehen werden – da man Zäune in großer Zahl errichten und Fußangeln und andere Mittel erfinden wird, um die Menschen auf die *öffentliche* Straße zu beschränken, während das Gehen auf der Oberfläche von Gottes Erde als widerrechtliches Betreten des Geländes irgendeines Gentlemans ausgelegt werden wird. Eine Sache ausschließlich genießen heißt für gewöhnlich sich von ihrem wahren Genuß ausschließen. Nutzen wir also unsere Möglichkeiten, ehe diese bösen Tage kommen.

Was macht es manchmal so schwer zu entscheiden, wohin wir gehen wollen? Ich glaube, daß es in der Natur einen feinen Magnetismus gibt, der uns richtig leitet, wenn wir ihm unbewußt nachgeben. Es ist für uns nicht gleichgültig, welchen Weg wir gehen. Es gibt einen richtigen Weg; doch wir neigen aus Unachtsamkeit und Beschränktheit leicht dazu, den falschen einzuschlagen. Wir möchten gern den Gang machen, den wir bisher noch nie gemacht haben durch diese wirkliche Welt und der vollkommen symbolisch ist für den Weg, auf dem wir so gern reisen in der inneren und idealen Welt; und manchmal ist es für uns zweifellos schwer, unsere Richtung zu wählen, weil sie in unserer Vorstellung noch nicht deutlich existiert.

Wenn ich das Haus verlasse, um einen Gang zu tun, noch ungewiß, wohin ich meine Schritte lenken werde, und die Entscheidung meinem Instinkt überlasse, so merke ich, so eigenartig und absonderlich es scheinen mag, daß ich mich schließlich zwangsläufig nach Südwesten wende, nach einem Wald, nach einer Wiese oder verlassenen Weide oder nach einem Hügel in jener Richtung. Meine Nadel kommt nur langsam zum Stillstand, weicht um ein paar Grad ab und zeigt freilich nicht immer genau nach Südwesten, und sie hat guten Grund für diese Abweichung, aber stets kommt sie zwischen West und Südsüdwest zum Stillstand. In dieser Richtung liegt für mich die Zukunft, und die Erde scheint auf dieser Seite unerschöpfter und reicher zu sein. Die Umrißlinie, die meine Spaziergänge begrenzt, wäre kein Kreis, sondern eine Parabel, oder gliche vielmehr einer jener Kometenbahnen, die man sich als nicht zurücklaufende Kurven denkt – in diesem Fall wäre sie nach Westen offen, mein Haus nähme in ihr den Platz der Sonne ein. Ich drehe mich manchmal eine Viertelstunde lang immer wieder um mich selbst, bis ich mich zum tausendsten Mal entschließe, nach Südwesten oder Westen zu gehen. Ostwärts gehe ich nur unter Zwang, aber westwärts gehe ich frei. Dorthin führt mich kein Geschäft. Es fällt mir schwer zu glauben, daß ich hinter dem östlichen Horizont schöne Landschaften oder genügend Wildheit und Freiheit finden werde. Mich reizt die Aussicht auf einen Spaziergang dorthin nicht; aber ich glaube, daß der Wald, den ich am westlichen Horizont sehe, sich ununterbrochen nach Sonnenuntergang erstreckt, und es gibt darin keine Gemeinden oder Städte, die bedeutend genug wären, mich zu beunruhigen. Laßt mich leben, wo ich will, auf dieser Seite ist die Stadt, auf jener die Wildnis, und mehr und mehr bin ich dabei, die Stadt zu verlassen und mich in die Wildnis zurückzuziehen. Ich würde diese Tatsache nicht so sehr betonen, wenn ich nicht glaubte, daß etwas Ähnliches die vorherrschende Tendenz unter meinen Landsleuten sei. Ich muß in Richtung Oregon gehen und nicht in Richtung Europa. Und in diese Richtung bewegt sich die Nation, und ich darf sagen, daß die Menschheit von Ost nach West fortschreitet. Wir konnten innerhalb von wenigen Jahren das Phänomen einer Wanderung in südöstlicher Richtung erleben, als Australien besiedelt wurde; aber das erscheint uns als eine rückwärts gewandte Bewegung, und es hat sich, nach dem moralischen und physischen Charakter der ersten Generation von Australiern zu urteilen, noch nicht als ein erfolgreiches Experiment erwiesen. Die Osttataren glauben, daß es westlich von Tibet nichts mehr gäbe. »Dort endet die Welt«, sagen sie, »dahinter ist nichts als ein uferloses Meer.« Es ist tiefster Osten, wo sie leben.

Wir gehen ostwärts, um die Geschichte zu begreifen und die Werke von Kunst und Literatur zu studieren, indem wir den Weg der Menschheit zurückverfolgen; wir gehen westwärts wie in die Zukunft, mit Unternehmungs- und Abenteuergeist. Der Atlantik ist ein Lethestrom, bei dessen Überquerung wir die Möglichkeit hatten, die Alte Welt und ihre Institutionen zu vergessen. Wenn es uns diesmal nicht gelingt, bleibt der Menschheit vielleicht noch eine weitere Gelegenheit, bevor sie an den Ufern des Styx ankommt, nämlich in der Lethe des Pazifik, der dreimal so breit ist.

Ich weiß nicht, wie bedeutsam es ist oder inwieweit es ein Zeugnis besonderer Veranlagung ist, daß ein einzelner auf seinem kleinsten Spaziergang so mit der allgemeinen Bewegung der Menschheit übereinstimmt; aber ich weiß, daß so etwas wie der Wandertrieb bei Vögeln und Vierfüßern – von dem man in einigen Fällen weiß, daß er die Gattung der Eichhörnchen ergriffen und sie zu einer allgemeinen und rätselhaften Bewegung getrieben hat, bei der man sie, wie einige sagen, die breitesten Flüsse überqueren sah, jedes auf seinem eigenen Span, den Schwanz als Segel aufgerichtet und schmalere Wasserläufe mit ihren Toten überbrückend –, daß so etwas wie der *Furor*, der das Hausvieh im Frühling ergreift und den man auf einen Wurm in ihren Schwänzen zurückführt, Nationen wie Individuen ergreift, entweder fortwährend oder von Zeit zu Zeit. Nicht eine Schar von Wildgänsen schnattert über unsere Stadt, ohne hier den Wert von Immobilien einigermaßen ins Wanken zu bringen, und wenn ich Makler wäre, würde ich diese Störung wahrscheinlich in Rechnung stellen.

»Dann treibt die Menschen stark die Wallfahrtslust,
Und Pilger ziehn nach manchem fremden Strande.«

Jeder Sonnenuntergang, den ich erlebe, erfüllt mich mit dem Wunsch, nach einem Westen zu gehen, der so fern und so schön ist wie der, in dem die Sonne versinkt. Sie scheint täglich westwärts zu wandern und uns zu locken, ihr zu folgen. Sie ist der Große Pionier des Westens, dem die Nationen folgen. Wir träumen die ganze Nacht von den Gebirgsketten am Horizont, die zuletzt von ihren Strahlen vergoldet waren, mochten sie auch nur aus Dunst bestehen. Die Insel Atlantis und die Inseln und Gärten der Hesperiden, eine Art irdischen Paradieses, scheinen der Große Westen der Alten gewesen zu sein, eingehüllt in Geheimnis und Poesie. Wer hat nicht schon, wenn er in den Abendhimmel blickte, in seiner Phantasie die Gärten der Hesperiden und den Ursprung all dieser Mythen gesehen?

Kolumbus spürte den Drang nach Westen stärker als irgendeiner zuvor. Er gehorchte ihm und fand für Kastilien und León eine neue Welt. Die Herde der Menschen witterte in jenen Tagen von weitem frisches Weideland.

»Da die Sonne durchmessen die Hügel all,
Da sie versunken in der westlichen Bucht,
Stand er auf nun und nahm den Mantel blau:
Morgen zu neuem Wald, zu frischer Au.«

Wo auf dem Erdball kann man ein Gebiet finden, so ausgedehnt wie das der Mehrzahl unserer Staaten, so fruchtbar und so reich und mannigfaltig in seinen Schöpfungen und gleichzeitig so bewohnbar für den Europäer wie dieses? Michaux, der nur einen Teil davon kannte, sagt, daß »die Arten großer Bäume in Nordamerika viel zahlreicher sind als in Europa; in den Vereinigten Staaten gibt es über einhundertvierzig Arten, die höher sind als dreißig Fuß; in Frankreich gibt es nur dreißig, die diese Größe erreichen.« Spätere Botaniker haben seine Beobachtungen mehr als bestätigt. Humboldt kam nach Amerika, um seinen Jugendträumen von einer tropischen Vegetation nachzugehen, und er sah sie in ihrer größten Vollkommenheit in den Urwäldern des Amazonas, der gewaltigsten Wildnis auf Erden, die er so beredt beschrieben hat. Der Geograph Guyot, selbst Europäer, geht weiter – weiter, als ich ihm zu folgen bereit bin; außer, wenn er sagt: »Wie die Pflanze gemacht ist für das Tier, wie die Pflanzenwelt gemacht ist für die Tierwelt, so ist Amerika gemacht für den Menschen der Alten Welt ... Der Mensch der Alten Welt macht sich auf den Weg. Das Hochland von Asien verlassend, steigt er Stufe um Stufe herunter nach Europa. Jeder seiner Schritte ist gekennzeichnet durch eine neue, der vorangegangenen überlegene Zivilisation, durch eine größere Kraft der Entwicklung. Angekommen am Atlantik, hält er inne an den Ufern dieses unbekannten Ozeans, dessen Grenzen er nicht kennt, und dreht sich für einen Moment in seinen Fußtapfen herum.« Als er den reichen Boden Europas erschöpft und sich gestärkt hat, »nimmt er seinen abenteuerlichen Weg nach Westen wieder auf wie in den frühesten Zeiten«. Soweit Guyot.

Aus diesem Drang nach Westen, der in Berührung kam mit der Barriere des Atlantik, entsprangen der Handel und der Unternehmungsgeist der Neuzeit. Der jüngere Michaux sagt in seinen »Reisen westlich der Alleghenies im Jahre 1802«, daß im neu besiedelten Westen die häufigste Frage lautete: »Aus welchem Teil der Welt kommen Sie?« »So, als wären diese riesigen und fruchtbaren Gebiete von Natur aus der Sammelplatz und das gemeinsame Land aller Bewohner des Erdballs.«

Um ein abgenutztes lateinisches Wort zu gebrauchen, könnte ich sagen: *Ex Oriente lux; ex Occidente* FRUX. Aus dem Osten das Licht; aus dem Westen die Frucht.

Sir Francis Head, englischer Reisender und Generalgouverneur von Kanada, sagt uns, daß »sowohl in der nördlichen wie in der südlichen Hemisphäre der Neuen Welt die Natur ihre Werke nicht nur in einem größeren Maßstab entworfen, sondern das ganze Bild mit helleren und prächtigeren Farben gemalt hat, als sie beim Skizzieren und Ausschmücken der Alten Welt benutzte ... Das Firmament Amerikas erscheint unendlich höher, der Himmel blauer, die Luft ist frischer, die Kälte ist intensiver, der Mond sieht größer aus, die Sterne sind strahlender, der Donner ist lauter, der Blitz ist greller, der Wind ist stärker, der Regen ist heftiger, die Berge sind höher, die Flüsse länger, die Wälder größer, die Ebenen weiter.« Diese Darstellung wird zumindest genügen als Entgegnung auf Buffons Beschreibung dieses Teils der Welt und ihrer Schöpfungen.

Linné sagte vor langer Zeit: »Nescio quae facies laeta, glabra plantis Americanis« (Ich weiß nicht, was am Aussehen amerikanischer Pflanzen so erfreulich und so glatt ist); und ich glaube, daß es in diesem Land keine oder höchstens sehr wenige *Africanae bestiae* gibt, afrikanische Tiere, wie die Römer sie nannten, und daß es sich auch in dieser Hinsicht besonders dazu eignet, vom Menschen bewohnt zu werden. Wir hören, daß in einer Entfernung von nur drei Meilen vom Zentrum der ostindischen Stadt Singapur alljährlich ein paar Einwohner von Tigern fortgeschleppt werden; aber fast überall in Nordamerika kann sich der Reisende ohne Furcht vor wilden Tieren nachts in den Wäldern niederlegen.

Das sind ermutigende Zeugnisse. Wenn hier der Mond größer aussieht als in Europa, dann sieht vielleicht auch die Sonne größer aus. Wenn Amerikas Firmament unendlich höher erscheint und die Sterne strahlender sind, so hoffe ich, daß diese Tatsachen symbolisch sind für die Höhe, zu der die Philosophie und die Poesie und die Religion seiner Bewohner sich eines Tages emporschwingen mögen. Schließlich wird vielleicht der immaterielle Himmel dem amerikanischen Geist um ebenso vieles höher erscheinen und die Zeichen, die ihn bestirnen, um ebenso vieles strahlender. Denn ich glaube, daß das Klima derart auf den Menschen wirkt – wie es in der Bergluft etwas gibt, was den Geist nährt und was inspiriert. Wird nicht der Mensch unter diesen Einflüssen geistig wie körperlich zu größerer Vollkommenheit gedeihen? Oder ist es unwichtig, wie viele Nebeltage es in seinem Leben gibt? Ich hoffe, daß wir phantasiereicher sind, daß unsere Gedanken klarer, frischer und ätherischer sein werden, wie unser Himmel, – unser Verstand umfassender und weiter, wie unsere Ebenen, – unser Intellekt ganz allgemein von größerem Maßstab, wie unser Donner und unser Blitz, unsere Flüsse und Berge und Wälder, – und unsere Herzen gar sollen in Breite und Tiefe und Erhabenheit unseren Binnenmeeren entsprechen. Vielleicht wird sich dem Reisenden etwas unsagbar Frohes und Heiteres, *laeta* und *glabra*, in unseren Gesichtern zeigen. Zu welchem Zweck geht sonst die Welt weiter, und wozu wurde Amerika entdeckt?

Amerikanern brauche ich kaum zu sagen:

»Westwärts zieht seine Bahn
der Stern des Reichs.«

Als echter Patriot würde ich mich schämen zu denken, daß Adam im Paradies im ganzen in einer günstigeren Lage war als der Hinterwäldler in diesem Land.

Unsere Sympathien in Massachusetts sind nicht auf Neuengland beschränkt; obwohl wir dem Süden entfremdet sein mögen, sympathisieren wir mit dem Westen. Dort ist die Heimat der jüngeren Söhne, die bei den Skandinaviern zur See gingen, um ihr Erbe zu übernehmen. Es ist zu spät, Hebräisch zu studieren; es ist wichtiger, den Slang von heute zu verstehen.

Vor einigen Monaten sah ich mir ein Panorama des Rheins an. Es war wie ein Traum vom Mittelalter. Ich trieb in etwas, das mehr war als Phantasie, den historischen Strom hinab, unter Brücken hindurch, gebaut von den Römern und ausgebessert von späteren Helden, vorbei an Städten und Burgen, deren bloße Namen Musik in meinen Ohren waren und deren jede Gegenstand einer Sage war. Da waren Ehrenbreitstein und Rolandseck und Koblenz, die ich nur aus der Geschichte kannte. Es waren die Ruinen, die mich hauptsächlich interessierten. Von den Wassern und den rebenbedeckten Hügeln und Tälern schien eine gedämpfte Musik aufzusteigen, wie von Kreuzfahrern, die aufbrechen nach dem Heiligen Land. Ich trieb dahin unter dem Bann eines Zaubers, als sei ich in ein heroisches Zeitalter versetzt, als atmete ich die Luft von Rittertum.

Bald darauf sah ich mir ein Panorama des Mississippi an, und da ich mich im Licht von heute den Fluß hinaufarbeitete und die Dampfboote Brennholz nehmen sah, die aufstrebenden Städte zählte, die neuen Ruinen von Nauvoo bestaunte, die Indianer über den Strom nach Westen ziehen sah und nun den Ohio und den Missouri hinaufblickte, wie ich zuvor die Mosel hinaufgeblickt hatte, und die Legenden von Dubuque und Wenona's Cliff hörte – noch immer mehr an die Zukunft denkend als an die Vergangenheit oder an die Gegenwart –, begriff ich, daß dies ein Rheinstrom anderer Art war; daß die Fundamente der Burgen erst noch zu legen und die berühmten Brücken erst noch über den Strom zu schlagen waren; und ich spürte, daß *dies das eigentliche heroische Zeitalter* war, obwohl wir es nicht erkennen, denn der Held ist für gewöhnlich der einfachste und unbekannteste der Menschen.

Der Westen, von dem ich spreche, ist nur eine andere Bezeichnung für die Wildnis; und worauf ich hinauswill, ist, daß in der Wildheit die Rettung der Welt liegt. Jeder Baum schickt seine Fasern aus auf der Suche nach der Wildnis. Die Städte importieren sie um jeden Preis. Die Menschen pflügen und segeln um ihretwillen. Aus Wald und Wildnis kommen die Tonika und Rinden, die die Menschen stärken. Unsere Vorfahren waren Wilde. Die Geschichte von Romulus und Remus, die von einer Wölfin gesäugt wurden, ist keine bedeutungslose Legende. Die Gründer eines jeden Staates, der zu Ruhm und Ansehen gelangt ist, haben ihre Nahrung und ihre Kraft aus einer ähnlichen wilden Quelle gesogen. Da die Kinder des Imperiums nicht von der Wölfin gesäugt wurden wie noch die Kinder der nördlichen Wälder, wurden sie von diesen bezwungen und vertrieben.

Ich glaube an den Wald und an die Wiese und an die Nacht, in der das Korn wächst. Wir brauchen einen Aufguß der Hemlocktanne oder des Lebensbaums in unserem Tee. Es macht einen Unterschied, ob man ißt und trinkt, um sich zu stärken, oder aus reiner Gefräßigkeit. Die Hottentotten verschlingen gierig das Mark des Kudus und anderer Antilopen, natürlich roh. Einige unserer Indianer im Norden essen das Mark des arktischen Rens roh, wie auch verschiedene andere Teile, einschließlich der Geweihenden, solange sie weich sind. Und damit laufen sie vielleicht den Köchen von Paris den Rang ab. Sie essen, was normalerweise ins Feuer geworfen wird. Das eignet sich vermutlich besser dazu, einen Menschen daraus zu erschaffen, als Rindfleisch aus der Stallmast und Schweinefleisch aus dem Schlachthaus. Gebt mir eine Wildheit, deren Anblick keine Zivilisation ertragen kann – so als lebten wir vom Mark roh verschlungener Kudus.

Es gibt einige Täler, wo die Walddrossel singt und in die ich gern ziehen würde – wilde Landstriche, wo sich noch kein Siedler niedergelassen hat; an die ich, so glaube ich, bereits gewöhnt bin.

Der afrikanische Jäger Cumming erzählt uns, daß das Fell der Elenantilope – wie das der meisten anderen Antilopen –, wenn sie eben getötet ist, den köstlichsten Duft von Bäumen und Gras ausströmt. Ich wollte, jeder Mensch gliche so sehr einer wilden Antilope und wäre so sehr Teil der Natur, daß seine Person unseren Sinnen auf so süße Weise seine Gegenwart anzeigte und uns an jene Gegenden der Natur erinnerte, die er am häufigsten aufsucht. Ich verspüre keine Neigung zum Spott, wenn der Mantel des Trappers den Geruch der Bisamratte ausströmt; für mich ist dieser Geruch lieblicher als der, der gewöhnlich den Kleidern des Kaufmanns oder des Gelehrten entströmt. Wenn ich in ihre Kleiderkammern gehe und ihre Gewänder anfasse, werde ich nicht an grasreiche Ebenen und Wiesen voller Blumen erinnert, sondern vielmehr an staubige Handelsbörsen und Bibliotheken.

Eine gebräunte Haut ist etwas überaus Achtbares, und vielleicht ist Olivgrün eine Farbe, die besser zu einem Mann paßt als Weiß – zu einem Bewohner der Wälder. »Der blasse weiße Mann!« Mich wundert nicht, daß der Afrikaner ihn bedauerte. Darwin, der Naturforscher, sagt: »Ein weißer Mann, der neben einem Tahitier badete, glich einer durch die Kunst des Gärtners gebleichten Pflanze neben einer edlen dunkelgrünen, die kraftvoll auf offenem Feld wuchs.«

Ben Jonson ruft aus:

»Wie nah dem Guten ist, was schön!«

So möchte ich sagen:

»Wie nah dem Guten ist, was *wild!*«

Zum Leben gehört Wildheit. Das Lebendigste ist das Wildeste. Dem Menschen noch nicht unterworfen, erquickt ihn seine Gegenwart. Wer unaufhörlich vorwärts drängte und nie von seinen Mühen ausruhte, wer schnell wüchse und unbegrenzte Forderungen an das Leben stellte, fände sich stets in einem neuen Land oder in einer Wildnis, umgeben vom Rohstoff des Lebens. Er würde über die umgestürzten Stämme von Urwaldbäumen klettern.

Hoffnung und Zukunft liegen für mich nicht in Rasenflächen und bestellten Feldern, nicht in Ortschaften und Städten, sondern in den unwegsamen und bebenden Sümpfen. Früher, wenn ich meine Vorliebe für irgendeine Farm, an deren Kauf ich gedacht hatte, genau untersuchte, habe ich oftmals gefunden, daß mich einzig ein paar Quadratruten undurchdringlichen und unergründlichen Morasts interessierten – ein natürlicher Pfuhl in einem Winkel des Anwesens. Das war das Juwel, das mich blendete. Ich schöpfe für mein Dasein mehr aus dem Sumpfland, das meinen Heimatort umgibt, als aus den gepflegten Gärten im Dorf. Es gibt für meine Augen keine reicheren Anlagen als die dichtbewachsenen Flächen der Zwerggränke *(cassandra calyculata)*, die diese zarten Stellen auf der Erdoberfläche bedecken. Die Botanik kann nicht mehr tun, als mir die Namen der Sträucher zu nennen, die dort wachsen – die hohe Blaubeere, die Rispengränke, die Lorbeerrose, die Azalee und die kanadische Alpenrose –, die alle in dem bebenden Torfmoos stehen. Ich denke oft, daß ich gern mein Haus mit seiner Front nach dieser Ansammlung dunkelroter Büsche liegen sähe und auf andere Blumenecken und -rabatten, auf umgepflanzte Fichten und gepflegten Buchs und auf glatte Kieswege verzichten würde, um diesen fruchtbaren Flecken unter meinen Fenstern zu haben, und nicht nur ein paar Karrenladungen Erde, nur herbeigeschafft, um damit den beim Ausschachten des Kellers herausgeworfenen Sand zu bedecken. Warum sollte ich mein Haus, mein Wohnzimmer nicht hinter diesem Flecken haben statt hinter jener kläglichen Ansammlung von Raritäten, jenem kümmerlichen Ersatz für Natur und Kunst, den ich meinen Vorgarten nenne? Es ist ein Versuch, aufzuräumen und für einen ordentlichen Anblick zu sorgen, sobald der Zimmermann und der Maurer gegangen sind, der freilich ebensosehr auf den Vorübergehenden wie auf den Bewohner des Hauses berechnet ist. Auch der geschmackvollste Vorgartenzaun ist für mich nie ein erfreuliches Studienobjekt gewesen; die ausgefeiltesten Verzierungen, Eichelkuppen oder was nicht alles, hatte ich bald satt, und sie widerten mich an. Bringt also eure Schwellen dicht an den Rand des Sumpfs (wenn das auch nicht der beste Ort für einen trockenen Keller sein mag), damit die Leute auf dieser Seite keinen Zugang haben. Vorgärten sind nicht dazu da, daß man darin spazierengeht, sondern höchstens zum Durchgehen, und ihr könnt auch von hinten hineingehen.

Ja, wenn ihr mich auch für wunderlich halten mögt: Wenn man mir vorschlüge, entweder in der Nachbarschaft eines der schönsten Gärten zu wohnen, den menschliche Kunst je ersann, oder in der Nähe eines Dismal Swamp, so würde ich mich gewiß für den Sumpf entscheiden. Wie vergeblich sind also all eure Mühen, ihr Bürger, für mich gewesen!

Meine Stimmung steigt unfehlbar mit der äußeren Öde. Gebt mir den Ozean, die Wüste oder die Wildnis! In der Wüste entschädigen reine Luft und Einsamkeit für den Mangel an Feuchtigkeit und Fruchtbarkeit. Der Reisende Burton sagt darüber: »Deine *sittliche Kraft* wächst; du wirst freimütig und freundlich, aufgeschlossen und zielstrebig … In der Wüste erregen alkoholische Getränke nur Widerwillen. Man findet lebhaftes Vergnügen an einem rein tierhaften Dasein.« Leute, die lange durch die Steppen der Tatarei gereist sind, sagen: »Als wir wieder in gesittete Gegenden kamen, bedrückte und erstickte uns die Aufregung, Verwirrung und Unruhe der Zivilisation; die Luft schien uns auszugehen, und wir hatten jeden Augenblick das Gefühl, als seien wir im Begriff, an Asphyxie zu sterben.« Wenn ich mich erholen möchte, suche ich den dunkelsten Wald, den dichtesten, endlosesten und für den Bürger trostlosesten Sumpf auf. Ich betrete einen Sumpf wie einen geweihten Ort, ein *sanctum sanctorum.* Dort ist die Kraft, das Mark der Natur. Der Urwald bedeckt den jungfräulichen Boden, und dieselbe Erde ist gut für Menschen und für Bäume. Eines Menschen Gesundheit braucht ebensoviel Morgen Wiesenland, auf das er blicken kann, wie seine Farm Düngerfuhren. Dort sind die kräftigen Speisen, von denen er sich nährt. Eine Stadt verdankt ihre Erhaltung den rechtschaffenen Männern in ihr nicht mehr als den Wäldern und Sümpfen, die sie umgeben. Ein Ort, über dem ein Urwald rauscht, während ein anderer Urwald unten verrottet – ein solcher Ort ist geeignet, nicht nur Mais und Kartoffeln zu ziehen, sondern auch Dichter und Philosophen für die kommenden Generationen. Auf solchem Boden wuchsen Homer und Konfuzius und die übrigen, und aus solcher Wildnis kommt der Reformator, der Heuschrecken ißt und wilden Honig.

Wilde Tiere zu erhalten bedeutet im allgemeinen auch, einen Wald zu schaffen, in dem sie leben oder Zuflucht suchen können. Ebenso ist es mit dem Menschen. Vor hundert Jahren verkaufte man in unseren Straßen Rinde, geschält in unseren eigenen Wäldern. Im Anblick dieser rohen Urwaldbäume lag, scheint mir, ein gerbender Grundsatz, der die Fasern des menschlichen Denkens härtete und festigte. Ah! schon schaudert mich vor diesen ziemlich verkommenen Tagen in meinem Heimatdorf, da man keine Fuhre Rinde von anständiger Dicke mehr bekommen kann und wir keinen Teer und kein Terpentin mehr herstellen.

Die zivilisierten Nationen – Griechenland, Rom, England – sind von diesen Urwäldern erhalten worden, die einst verrotteten, wo sie jetzt sind. Sie leben weiter, solange der Boden nicht erschöpft ist. Für die menschliche Kultur ist leider von einer Nation wenig zu erwarten, wenn der pflanzliche Boden erschöpft und sie gezwungen ist, aus den Gebeinen ihrer Väter Dünger zu machen. Da ernährt sich der Dichter nur von seinem eigenen überflüssigen Fett, und der Philosoph greift zurück auf das Mark seiner Knochen.

Es heißt, daß es die Aufgabe des Amerikaners sei, »den jungfräulichen Boden zu bearbeiten«, und daß »die Landwirtschaft hier bereits Ausmaße annimmt, die überall sonst unbekannt sind«. Ich glaube, daß der Farmer den Indianer auch deshalb verdrängt, weil er sumpfige Wiesen trockenlegt und dadurch stärker und in mancher Hinsicht natürlicher wird. Ich habe neulich für jemanden eine einhundertzweiunddreißig Ruten lange gerade Strecke durch einen Sumpf vermessen, an dessen Eingang das Wort hätte stehen können, das Dante über dem Eingang zu den Regionen der Hölle las: »Laßt, die ihr eingeht, alle Hoffnung fahren!« – das heißt die Hoffnung, je wieder herauszukommen; wo ich meinen Auftraggeber einmal tatsächlich bis zum Hals in seinem Besitz stecken und um sein Leben schwimmen sah, obwohl es noch Winter war. Er hatte noch ein ähnliches Stück Sumpfland, das ich überhaupt nicht vermessen konnte, weil es vollkommen unter Wasser stand, und trotzdem sagte er zu mir, seinen Instinkten getreu, in bezug auf einen dritten Sumpf, den ich aus einiger Entfernung *vermaß*, er würde ihn wegen des Schlamms, den er enthielt, unter keinen Umständen verkaufen. Und dieser Mann beabsichtigt, im Verlauf von vierzig Monaten um das Ganze einen Graben zu ziehen und es so durch die Zauberkraft seines Spatens trockenzulegen. Ich erwähne ihn nur als den typischen Vertreter seiner Klasse.

Die Waffen, mit denen wir unsere wichtigsten Siege errungen haben und die als Erbstücke vom Vater an den Sohn weitergegeben werden sollten, sind nicht das Schwert und die

Lanze, sondern das Buschmesser, der Rasenstecher, der Spaten und die Hacke, rostig vom Blut mancher Wiese und verschmutzt vom Staub manchen hart erkämpften Feldes. Die Winde selbst bliesen das Maisfeld des Indianers in die Wiese und zeigten den Weg, dem zu folgen er nicht die Fähigkeit hatte. Er hatte kein besseres Gerät, um sich in das Land einzugraben, als eine Muschelschale. Aber der Farmer ist mit Pflug und Spaten bewaffnet.

In der Literatur ist es nur das Wilde, das uns anzieht. Trägheit ist nur eine andere Bezeichnung für Zahmheit. Es ist das unzivilisierte freie und wilde Denken im »Hamlet« und in der »Ilias«, in all den Schriften und Mythologien, die man nicht aus der Schule kennt, was uns entzückt. Wie die Wildente flinker und schöner ist als die zahme, so ist es auch der wilde Gedanke – der wilde Enterich –, der sich im fallenden Tau über das Sumpfland schwingt. Ein wirklich gutes Buch ist etwas so Natürliches und so unerwartet und unerklärlich Schönes und Vollkommenes wie eine wilde Blume, die man entdeckt in den Prärien des Westens oder in den Dschungeln des Ostens. Genie ist ein Licht, das die Dunkelheit erhellt wie der Blitzstrahl, der vielleicht den Tempel des Wissens zerschmettert – keine Wachskerze, entzündet am Herd der menschlichen Rasse, die verblaßt vor dem Licht des gewöhnlichen Tages.

Die englische Literatur von den Tagen der Minstrels bis zu den Lake Poets – Chaucer und Spenser und Milton und selbst Shakespeare eingeschlossen – verrät keinen ganz frischen und, in diesem Sinne, wilden Ton. Sie ist im wesentlichen eine zahme und zivilisierte Literatur, in der sich Griechenland und Rom widerspiegeln. Ihre Wildnis ist ein grüner Wald, ihr Wilder ein Robin Hood. Da ist viel von inniger Liebe zur Natur, aber nicht so viel von der Natur selbst. Deren Chroniken teilen uns mit, wann ihre wilden Tiere ausstarben, nicht aber, wann der wilde Mensch in ihr ausstarb.

Die Wissenschaft Humboldts ist eine Sache, Dichtung ist

eine andere. Der Dichter von heute genießt trotz aller Entdekkungen der Wissenschaft und trotz des angehäuften Wissens der Menschheit keinen Vorteil gegenüber Homer.

Wo ist die Literatur, die der Natur Ausdruck gibt? Der wäre ein Dichter, der die Winde und Ströme in seinen Dienst zwingen könnte, daß sie für ihn sprechen; der Worte auf ihre ursprüngliche Bedeutung festnagelte, wie die Bauern im Frühjahr Pfähle einschlagen, die der Frost gehoben hat; der seine Worte ableitete, sooft er sie benutzt – sie auf sein Blatt verpflanzte mit der Erde, die an ihren Wurzeln haftet; dessen Worte so wahr und frisch und natürlich wären, daß es schiene, als brächen sie auf wie die Knospen beim Nahen des Frühlings, obwohl sie halb erstickt zwischen zwei modrigen Blättern in einer Bibliothek lagen, ja, als blühten sie und trügen dort alljährlich auf ihre Art Frucht für den treuen Leser im Einklang mit der umgebenden Natur.

Ich weiß keine Dichtung zu nennen, die diese Sehnsucht nach der Wildnis angemessen ausdrückte. Von dieser Seite betrachtet, ist auch die beste Dichtung zahm. Ich weiß nicht, wo ich in der Literatur – sie sei alt oder modern – eine befriedigende Beschreibung dieser Natur, mit der selbst ich vertraut bin, finden könnte. Ihr versteht, daß ich etwas fordere, was kein Augusteisches oder Elisabethanisches Zeitalter, was, kurz gesagt, keine *Kultur* zu geben vermag. Die Mythologie kommt dem näher als alles andere. In einer wieviel fruchtbareren Natur als die englische Literatur hat zumindest die griechische Mythologie ihre Wurzeln! Die Mythologie ist die Frucht, die die Alte Welt trug, ehe ihr Boden erschöpft war, ehe Phantasie und Einbildungskraft von Zerstörung ergriffen waren; und die sie noch immer trägt, wo immer ihre ursprüngliche Lebenskraft unvermindert ist. Alle anderen Literaturen dauern nur wie die Ulmen, die unsere Häuser überschatten; sie aber ist wie der große Drachenbaum der Western Isles so alt wie die Menschheit, und sie wird ebenso lange dauern, gleichgültig, ob jener dauert oder nicht; denn der Niedergang anderer Literaturen ergibt den Boden, auf dem sie gedeiht.

Der Westen schickt sich an, seine Sagen denen des Ostens hinzuzufügen. Nachdem die Täler des Ganges, des Nils und des Rheins ihre Frucht getragen haben, bleibt abzuwarten, was die Täler des Amazonas, des Rio de la Plata, des Orinoco, des Sankt-Lorenz-Stroms und des Mississippi hervorbringen werden. Vielleicht werden die Dichter der Welt, wenn im Laufe von Generationen die amerikanische Freiheit zu einer Fiktion der Vergangenheit geworden ist – so, wie sie in gewissem Maße eine Fiktion der Gegenwart ist –, von amerikanischer Mythologie inspiriert werden.

Selbst die wildesten Träume von Wilden sind wahr, obgleich sie sich nicht jenem Verstand empfehlen mögen, der heute unter Engländern und Amerikanern allgemein verbreitet ist. Nicht jede Wahrheit empfiehlt sich dem gesunden Menschenverstand. Die Natur hat einen Platz für die wilde Klematis ebenso wie für den Kohl. Einige Ausdrucksformen der Wahrheit sind rückwärtsgewandt, andere sind bloß *vernünftig*, wie man das nennt, andere prophetisch. Selbst einige Formen von Krankheit mögen Formen von Gesundheit prophezeien. Geologen haben entdeckt, daß die Gestalten von Schlangen, Geiern, fliegenden Drachen und andere seltsame heraldische Verzierungen ihre Urbilder in den Formen fossiler Spezies haben, die bereits ausgestorben waren, ehe der Mensch erschaffen wurde, und die daher »ein schwaches und unbestimmtes Wissen von einem früheren Zustand organischen Lebens anzeigen«. Die Hindus träumten, daß die Erde auf einem Elefanten ruhte und der Elefant auf einer Schildkröte und die Schildkröte auf einer Schlange; und obwohl es vielleicht ein unwichtiges Zusammentreffen sein mag, wird es hier nicht fehl am Platz sein, festzustellen, daß in Asien kürzlich die Versteinerung einer Schildkröte entdeckt wurde, groß genug, um einen Elefanten zu tragen. Ich gestehe, daß ich eine Vorliebe habe für diese wilden Vorstellungen, die die Ordnung der Zeit und der Entwicklung überschreiten. Sie sind die großartigste Erfrischung des Intellekts. Das Rebhuhn liebt Erbsen, aber nicht die, die mit ihm in den Topf kommen.

Kurz, alle guten Dinge sind wild und frei. Es gibt etwas in einer Melodie, ganz gleich, ob sie von einem Instrument oder von der menschlichen Stimme erzeugt ist – nehmt zum Beispiel den Klang eines Jagdhorns in einer Sommernacht –, was mich, ohne Ironie gesagt, in seiner Wildheit an die Schreie erinnert, die von wilden Tieren in ihren heimischen Wäldern ausgestoßen werden. Es ist gerade ihre Wildheit, die ich begreifen kann. Gebt mir als Freunde und Nachbarn wilde Männer, nicht zahme. Die Wildheit des Wilden ist nur ein schwaches Symbol der entsetzlichen Wildheit, mit der sich redliche Männer und Liebende begegnen.

Ich sehe auch gern Haustiere ihre natürlichen Rechte wieder geltend machen – irgendein Beweis, daß sie ihre ursprünglichen wilden Gewohnheiten, ihre ursprüngliche Lebenskraft nicht völlig verloren haben; wenn zum Beispiel die Kuh meines Nachbarn im zeitigen Frühjahr aus ihrer Weide ausbricht und mutig durch den Fluß schwimmt, durch eine kalte, graue Flut, fünfundzwanzig oder dreißig Ruten breit, angeschwollen durch den geschmolzenen Schnee. Das ist der Bison, der den Mississippi überquert. Diese Tat verleiht in meinen Augen der – ohnehin ausgezeichneten – Herde einige Würde. Das Samenkorn des Instinkts wird unter dem dicken Fell der Rinder und Pferde auf unbegrenzte Zeit bewahrt wie Samen in der Erde.

Verspieltheit bei Rindern ist etwas Unerwartetes. Ich sah eines Tages eine Herde von einem Dutzend Ochsen und Kühen in unbeholfenem Spiel herumlaufen und springen wie gewaltige Ratten oder gar wie junge Katzen. Sie schüttelten die Köpfe, hoben die Schwänze und rasten einen Hügel hinauf und hinab, und ich erkannte sowohl an ihren Hörnern als auch an ihrem Treiben ihre Verwandtschaft mit der Familie der Hirsche. Aber ach! ein plötzliches lautes *Brr!* hätte ihre Leidenschaft sogleich gedämpft, sie vom Wild zum Rind erniedrigt und ihre Flanken und Sehnen steif werden lassen wie die Lokomotive. Wer anders als der Böse hat der Menschheit »Brr!« zugerufen? Wirklich, das Leben des Rindviehs wie das vieler Menschen ist nur eine Art Beweglichkeit; sie bewegen jeweils ihre Flanken, und der Mensch mit seiner Maschinerie trifft sich mit dem Pferd und dem Ochsen auf halbem Wege. Alles, was die Peitsche berührt hat, ist fortan gelähmt. Wer dächte je an eine *Seite* irgendeines Tieres aus der geschmeidigen Familie der Katzen, so, wie wir von einer *Seite* des Rinds sprechen?

Ich freue mich, daß Pferde und Stiere gezähmt werden müssen, ehe sie zu Sklaven der Menschen gemacht werden können, und daß die Menschen selbst noch ein paar Hörner haben, die sie sich abstoßen können, bevor sie willfährige Mitglieder der Gesellschaft werden. Zweifellos sind die Menschen nicht alle in gleicher Weise als Zivilisationsobjekte geeignet; und da die Mehrheit gleich Hunden und Schafen zahm ist durch ererbte Veranlagung, gibt es keinen Grund, daß die anderen ihre Natur zähmen lassen sollten, damit sie auf das gleiche Niveau erniedrigt werden können. Die Menschen sind größtenteils gleich, aber sie wurden voneinander geschieden, damit sie verschiedenartig sein können. Soll einem niedrigen Zweck gedient werden, ist der eine fast so gut oder genauso gut wie ein anderer; geht es um einen hohen, ist persönliche Vortrefflichkeit gefragt. Jedermann kann ein Loch stopfen, um den Wind fernzuhalten, aber kein anderer könnte einem so seltenen Zweck dienen wie der Verfasser dieser Erklärung. Konfuzius sagt: »Wenn die Felle des Tigers und des Leoparden gegerbt sind, gleichen sie den gegerbten Fellen des Hundes und des Schafs.« Aber Tiger zu zähmen ist ebensowenig die Sache wahrer Kultur, wie es ihre Sache ist, Schafe wild zu machen; und ihr Fell zu gerben, um Schuhe zu machen, ist nicht die beste Verwendung für sie.

Wenn ich eine Liste mit Namen von Leuten in einer fremden Sprache durchsehe, wie zum Beispiel von Offizieren oder von Autoren, die über einen bestimmten Gegenstand geschrieben haben, fällt mir wieder ein, daß ein Name nichts besagt. Der Name Menschikow zum Beispiel hat für meine Ohren nichts, das menschlicher wäre als ein Barthaar, und er könnte einer Ratte gehören. Wie die Namen der Polen und Russen auf uns wirken, so wirken unsere auf sie. Es ist, als wären sie nach Kindergeplapper benannt: Ieri wieri itscheri wenn, tit-tel-tol-tän. Ich sehe in Gedanken eine Herde wilder Geschöpfe über die Erde schwärmen, und einem jeden hat der Hirte einen barbarischen Laut in seinem eigenen Dialekt beigelegt. Die Namen der Menschen sind natürlich genauso wert- und sinnlos wie *Bose* und *Tray* als Namen von Hunden.

Mir scheint, es wäre von einigem Vorteil für die Philosophie, wenn die Menschen nur in ihrer Gesamtheit benannt würden, wie man sie kennt. Man müßte nur die Gattung und vielleicht die Rasse oder Varietät kennen, um den einzelnen zu kennen. Wir sind nicht bereit zu glauben, daß jeder gemeine Soldat in einer römischen Armee einen eigenen Namen hatte – weil wir nicht annehmen, daß er einen eigenen Charakter besaß.

Zur Zeit sind unsere einzigen echten Namen Spitznamen. Ich kannte einen Jungen, der wegen seiner besonderen Energie von seinen Spielkameraden »Buster« genannt wurde, und dieser Name ersetzte zu Recht seinen Taufnamen. Einige Reisende berichten uns, daß ein Indianer zunächst keinen Namen erhielt, sondern ihn sich erwarb, und daß sein Name sein Ruf war; und daß er bei manchen Stämmen mit jeder neuen Tat einen neuen Namen bekam. Es ist jämmerlich, wenn ein Mensch einen Namen nur aus praktischen Gründen trägt, ohne daß er sich einen Namen oder einen Ruf erworben hat.

Ich werde nicht zulassen, daß bloße Namen für mich Unterschiede machen, sondern sehe noch immer die Menschen in Herden – trotz der vielen Namen. Ein vertrauter Name kann mir einen Menschen nicht weniger fremd machen. Er wird vielleicht einem Wilden gegeben, der insgeheim seine eigene wilde, in den Wäldern erworbene Bezeichnung behält. Wir haben einen Wilden in uns, und der Name eines Wilden ist vielleicht irgendwo als der unsere festgehalten. Ich sehe, daß mein Nachbar, der den vertrauten Beinamen William oder Edwin trägt, diesen mit seiner Jacke ablegt. Er haftet nicht an ihm, wenn er schläft oder in Zorn ist oder erregt von einer Leidenschaft oder Eingebung. Mir ist, als hörte ich bei solchen Gelegenheiten von einigen seiner Verwandten seinen ursprünglichen wilden Namen gesprochen in einer zungenbrecherischen oder melodischen Sprache.

Hier ist die Natur, diese unsere große, wilde, gewaltige Mutter rings um uns in solcher Schönheit und mit solcher Liebe für ihre Kinder wie die Leopardin; und doch werden wir so früh ihrer Brust entwöhnt, so früh gewöhnt an die Gesellschaft, an jene Kultur, die ausschließlich eine Wechselwirkung von Mensch zu Mensch ist – eine Art Inzucht, die höchstens einen rein englischen Adel erzeugt, eine Zivilisation, bestimmt zu einem baldigen Ende.

In der Gesellschaft, in den besten Institutionen der Menschen, ist leicht eine gewisse Frühreife zu entdecken. Wenn wir noch heranwachsende Kinder sein sollten, sind wir schon kleine Erwachsene. Gebt mir eine Kultur, die viel Sumpferde von den Wiesen herbeischafft und den Boden verbessert – nicht jene, die nur vertraut auf Düngemittel und verbesserte Geräte und Anbaumethoden!

Manch ein armer Student mit entzündeten Augen, von dem ich gehört habe, würde geistig und körperlich schneller wachsen, wenn er, statt noch so lange aufzubleiben, rechtschaffen schlummerte, wie es einem Narren zusteht.

Es gibt vielleicht sogar einen Überfluß an belebendem Licht. Niepce, ein Franzose, entdeckte die »Aktivität«, jene Kraft in den Sonnenstrahlen, die eine chemische Wirkung hervorruft; er fand, daß auf Granitfelsen und Steinbauten und Statuen aus Metall »während der sonnigen Stunden in gleicher Weise zersetzend eingewirkt wird und daß sie, gäbe es nicht Vorkehrungen der Natur, die nicht weniger wunderbar sind, bald dahinschwinden würden unter der zarten Berührung der flüchtigsten der Wirkungen des Universums«. Aber er bemerkte, daß »jene Körper, die diese Veränderung bei Tageslicht durchmachten, die Fähigkeit besaßen, sich während der Nachtstunden, da diese Reizung sie nicht mehr beeinflußte, in ihren ursprünglichen Zustand zurückzuversetzen«. Daraus hat man geschlossen, daß »die Stunden der Dunkelheit für die anorganische Schöpfung ebenso nötig sind wie Nacht und Schlaf, wie wir wissen, für das organische Reich«. Nicht einmal der Mond scheint jede Nacht, auch er gibt der Dunkelheit Raum.

Ich möchte nicht jeden Menschen, noch jeden Teil irgendeines Menschen kultiviert sehen, ebensowenig wie ich jeden einzelnen Morgen Erde kultiviert sehen möchte: ein Teil wird Ackerland sein, aber der größere Teil wird Wiese und Wald sein und nicht nur einem unmittelbaren Zweck dienen, sondern durch die alljährliche Zersetzung der Vegetation, die er trägt, einen Boden bereiten für eine ferne Zukunft.

Es gibt andere Buchstaben, die das Kind lernen sollte, als jene, die Cadmus ersann. Die Spanier haben einen guten Ausdruck für dieses wilde und dunkle Wissen, *gramática parda*, gelbbraune Grammatik, eine Art von Mutterwitz, abgeleitet von demselben Leoparden, den ich schon erwähnt habe.

Wir haben von einer Gesellschaft zur Verbreitung nützlichen Wissens gehört. Es heißt, daß Wissen Macht ist und dergleichen. Mir scheint, es gibt ein gleiches Bedürfnis nach einer Gesellschaft zur Verbreitung nützlichen Unwissens, wir wollen es »Schönes Wissen« nennen, ein in einem höheren Sinn nützliches Wissen: denn was ist das meiste von unserem gepriesenen sogenannten Wissen anderes als die Einbildung, daß wir etwas wüßten, die uns des Vorteils unseres tatsächlichen Unwissens beraubt? Was wir Wissen nennen, ist oft unsere positive Unwissenheit; Unwissenheit unser negatives Wissen. Durch lange Jahre geduldigen Fleißes und Zeitunglesens – denn was sind die Bibliotheken der Wissenschaft anderes als Zeitungsarchive? – häuft ein Mensch eine Myriade von Fakten an, bewahrt sie in seinem Gedächtnis, und wenn er dann in irgendeinem Frühling seines Lebens hinausschlendert auf die Großen Felder des Denkens, geht er sozusagen auf die Weide wie ein Pferd und läßt sein ganzes Geschirr im Stall zurück. Ich möchte zur Gesellschaft zur Verbreitung nützlichen Wissens manchmal sagen: Geht auf die Weide. Ihr habt lange genug Heu gefressen. Der Frühling ist da mit seinem Grünfutter. Selbst die Kühe werden vor Ende Mai auf ihre Weiden getrieben; wenn ich auch von einem absonderlichen Farmer gehört habe, der seine Kuh im Stall behielt und sie das ganze Jahr hindurch mit Heu fütterte. So behandelt die Gesellschaft zur Verbreitung nützlichen Wissens oft ihr Vieh.

Das Unwissen eines Menschen ist manchmal nicht nur nützlich, sondern auch schön – während sein sogenanntes Wissen oftmals schlimmer als unnütz ist und außerdem häßlich. Mit welchem Menschen kann man am besten umgehen – mit dem, der über eine Sache nichts weiß und, was äußerst selten ist, der weiß, daß er nichts weiß, oder mit dem, der wirklich etwas darüber weiß, jedoch glaubt, daß er alles weiß?

Mein Verlangen nach Wissen kennt Unterbrechungen, doch mein Verlangen, meinen Kopf in Atmosphären zu baden, die meinen Füßen unbekannt sind, ist anhaltend und beständig. Das Höchste, was wir erlangen können, ist nicht Wissen, sondern Einssein mit der Intuition. Ich weiß nicht, ob dieses höhere Wissen auf etwas Bestimmteres hinausläuft als auf eine neue und große Überraschung über die plötzliche Offenbarung der Unzulänglichkeit all dessen, was wir zuvor Wissen nannten – eine Entdeckung, daß es mehr Dinge gibt im Himmel und auf Erden, als unsere Schulweisheit sich träumen läßt. Es ist ein Lichtstrahl, der den Nebel durchdringt. Der Mensch kann nicht *wissen* in irgendeinem höheren Sinn als diesem, genausowenig wie er ruhig und ungestraft ins Angesicht der Sonne blicken kann: Ὥς τὶ νοῶν, οὐ κεῖνον νοήσεις »Du wirst das nicht begreifen, was du nicht als ein Besonderes begreifst«, sagt das chaldäische Orakel.

Es ist etwas Knechtisches in der Angewohnheit, nach einem Gesetz zu suchen, das wir befolgen können. Wir mögen die Gesetze der Materie nach Belieben und zu unserem Nutzen studieren, aber ein erfolgreiches Leben kennt kein Gesetz. Es ist bestimmt eine unglückselige Entdeckung, die Entdeckung eines Gesetzes, das uns bindet, wo wir vorher nicht wußten, daß wir gebunden waren. Lebe frei, Kind des Nebels – und was das Wissen angeht, sind wir alle Kinder des Nebels. Der Mensch, der sich die Freiheit nimmt zu leben, ist allen Gesetzen überlegen kraft seiner Beziehung zum Gesetzgeber. »Das ist echte Pflicht«, sagt das Vishnu-Purana, »was nicht unserer Knechtschaft dient; das ist Wissen, was unserer Befreiung dient: alle andere Pflicht fördert nur die Ermüdung; alles andere Wissen ist nichts als die Geschicklichkeit eines Artisten.«

Es ist bemerkenswert, wie wenige Ereignisse oder Krisen es gibt in unserem Werdegang, wie wenig wir geübt worden sind in unserem Denken, wie wenige Erfahrungen wir gemacht haben. Ich wäre gern überzeugt, daß ich schnell und üppig wachse, wenn auch eben dieses Wachstum den trägen Gleichmut stören mag – wenn es auch Kampf bedeutet durch lange, dunkle, schwüle Nächte oder Zeiten der Düsternis. Es wäre gut, wenn alle unsere Leben eine göttliche Tragödie wären und nicht diese benale Komödie oder Farce. Dante, Bunyan und andere scheinen in ihrem Denken geübter gewesen zu sein als wir: sie waren einer Art von Bildung unterworfen, wie sie unsere Bezirksschulen und Colleges nicht in Betracht ziehen. Selbst Mohammed – wenn auch viele bei seinem Namen zetern mögen – hatte sehr viel mehr, wofür er leben und sogar sterben konnte, als sie gewöhnlich haben.

Wenn einen in großen Abständen ein Gedanke heimsucht, während man vielleicht eine Bahnlinie entlangläuft, dann fahren tatsächlich die Wagen vorüber, ohne daß man sie hört. Aber bald, durch ein unerbittliches Gesetz, fährt unser Leben vorüber und die Wagen kommen zurück.

»Sanfter Wind, du wanderst verborgen,
Und krümmest die Disteln um Loira im Sturm,
Streichest durch das windige Tal,
Warum spür ich dich nimmermehr?«

Während fast alle Menschen eine Kraft verspüren, die sie zur Gesellschaft hinzieht, werden wenige stark zur Natur hingezogen. In ihrer Reaktion auf die Natur scheinen mir die Menschen trotz ihrer Künste größtenteils noch unter den Tieren zu stehen. Es ist nicht oft eine schöne Beziehung wie im Falle der Tiere. Wie wenig Empfänglichkeit für die Schönheit der Landschaft es bei uns gibt! Man muß uns erklären, daß die Griechen die Welt κόσμος, »Schönheit« oder »Ordnung« nannten, aber wir sehen nicht deutlich, weshalb, und wir halten es bestenfalls für eine merkwürdige philologische Tatsache.

Ich für meinen Teil finde, daß ich, was die Natur betrifft, eine Art Randexistenz führe, am Rande einer Welt, in die ich nur gelegentliche und vorübergehende Raubzüge unternehme, und mein Patriotismus und meine Ergebenheit gegenüber dem Staat, auf dessen Territorium ich mich zurückzuziehen scheine, entsprechen denen eines Wegelagerers. Zu einem Leben, das ich natürlich nenne, würde ich gern auch einem Irrlicht durch unvorstellbare Moore und Sümpfe folgen, aber kein Mond und kein Glühwurm haben mir den Dammweg dorthin gezeigt. Die Natur ist eine Persönlichkeit, so unermeßlich und so allumfassend, daß wir noch nie einen ihrer Charakterzüge gesehen haben. Der Spaziergänger auf den vertrauten Feldern, die sich rings um meine Heimatstadt erstrecken, findet sich manchmal in einem anderen Land als in dem in den Urkunden ihrer Besitzer beschriebenen, sozusagen auf einem weit entfernten Feld am Rande des eigentlichen Concord, wo dessen Gerichtsbarkeit aufhört und wo die Idee, die das Wort Concord erweckt, nicht mehr erweckt wird. Diese Farmen, die ich selbst vermessen habe, diese Grenzen, die ich gezogen habe, erscheinen undeutlich wie durch einen Nebel; aber sie haben keine Chemie, sie zu fixieren; sie verschwinden von der Oberfläche des Glases, und das Bild, das der Maler gemalt hat, hebt sich darunter undeutlich ab. Die Welt, mit der wir gemeinhin bekannt sind, hinterläßt keine Spuren, und sie wird keinen Jahrestag haben.

Neulich machte ich nachmittags einen Spaziergang auf Spauldings Farm. Ich sah, wie die untergehende Sonne die Rückseite eines stattlichen Kiefernwaldes beleuchtete. Ihre goldenen Strahlen drangen in die Schneisen des Waldes wie in einen prächtigen Saal. Mir schien, als hätte sich eine alte, vortreffliche und glänzende Familie niedergelassen in diesem Teil des Landes, genannt Concord, ohne daß ich davon wußte – deren Dienerin die Sonne war –, die nicht ins Dorf gegangen war in Gesellschaft, die niemand besucht hatte. Ich sah ihren Park, ihren Lustgarten drüben hinterm Wald, auf Spauldings Moosbeerenwiesen. Die heranwachsenden Kiefern gaben für sie die Giebel ab. Ihr Haus war nicht deutlich zu sehen; die Bäume wuchsen hindurch. Ich weiß nicht, ob ich die Laute verhaltener Fröhlichkeit hörte oder nicht. Sie schienen sich auf den Sonnenstrahlen zurückzulehnen. Sie haben Söhne und Töchter. Es geht ihnen gut. Der Karrenweg des Farmers, der mitten durch ihren Saal führt, stört sie nicht im geringsten, wie auch der schlammige Grund eines Tümpels manchmal durch den sich spiegelnden Himmel zu sehen ist. Sie haben noch nie von Spaulding gehört und wissen nicht, daß er ihr Nachbar ist – obgleich ich ihn pfeifen hörte, als er mit seinem Gespann durch das Haus fuhr. Nichts kommt der heiteren Ruhe ihres Lebens gleich. Ihr Wappen ist nichts als eine Flechte. Ich sah es auf die Kiefern und Eichen gemalt. Ihre Dachstuben waren in den Kronen der Bäume. Sie haben nichts mit Politik zu tun. Es gab keinen Arbeitslärm. Ich bemerkte nicht, daß sie webten oder spannen. Doch als der Wind sich legte und es still war, vernahm ich ein unvorstellbar zartes Summen süßer Musik – wie von einem fernen Bienenschwarm im Mai –, vielleicht das Geräusch ihres Denkens. Sie hatten keine müßigen Gedanken, und niemand draußen konnte ihre Arbeit sehen, denn ihr Fleiß war nicht in Knoten und Auswüchsen festgehalten.

Aber es fällt mir schwer, mich an sie zu erinnern. Sie schwinden selbst jetzt, während ich spreche und versuche, sie zurückzurufen und mich zu besinnen, unwiderruflich aus meinem Gedächtnis. Es geschieht erst nach langer und ernsthafter Bemühung, mich auf meine besten Gedanken zu besinnen, daß mir ihre Gegenwart wieder bewußt wird. Wenn es nicht Familien gäbe wie diese, würde ich wohl aus Concord fortziehen.

Wir pflegen in Neuengland zu sagen, daß uns jedes Jahr immer weniger Tauben besuchen. Unsere Wälder bieten ihnen kein Futter. Ebenso könnte es scheinen, daß einen jeden heranwachsenden Menschen von Jahr zu Jahr immer weniger Gedanken besuchen, denn der Hain in unseren Köpfen ist verwüstet – verkauft, um unnötige Feuer des Ehrgeizes zu nähren, oder zum Sägewerk geschickt –, und es ist kaum ein Zweig übrig, auf dem sie sitzen könnten. Sie bauen und brüten nicht mehr bei uns. Vielleicht huscht in einer etwas freundlicheren Jahreszeit ein schwacher Schatten durch die Landschaft unseres Geistes, geworfen von den *Flügeln* eines Gedankens auf seiner Frühlings- oder Herbstwanderung, doch sind wir, aufblickend, unfähig, die Substanz des Gedankens selbst zu ergründen. Unsere beflügelten Gedanken werden in Geflügel verwandelt. Sie schwingen sich nicht mehr hoch empor, und sie erreichen nur Shanghai- und Kotschinchina-Größe. Diese *groooßen Gedanken*, diese *groooßen Männer*, von denen man hört!

Wir klammern uns an die Erde – wie selten steigen wir empor! Mir scheint, wir sollten uns selbst etwas mehr erhöhen. Wir könnten wenigstens auf einen Baum klettern. Ich habe einmal davon profitiert, daß ich auf einen Baum kletterte. Es war eine große Weymouthskiefer, oben auf einem Hügel; und obwohl ich tüchtig hin- und herschwankte, wurde ich ordentlich dafür belohnt, denn ich entdeckte neue Berge am Horizont, die ich noch nie zuvor gesehen hatte – ich entdeckte soviel mehr von der Erde und vom Himmel. Ich hätte siebzig Jahre lang um den Fuß des Stammes laufen können und ich hätte sie doch gewiß nie gesehen. Aber vor allem entdeckte ich um mich her – es war gegen Ende Juni – nur an den Enden der obersten Zweige ein paar winzige und zarte rote kegelähnliche Blüten, die fruchtbare, himmelwärts blickende Blüte der Weymouthskiefer. Ich trug den Wipfel sogleich ins Dorf und zeigte ihn unbewanderteren Geschworenen, die durch die Straßen gingen – denn es war Gerichtswoche –, und Farmern und Holzhändlern und Holzfällern und Jägern, und nicht einer hatte dergleichen zuvor gesehen, und sie staunten wie über einen herabgefallenen Stern. Man spricht von alten Architekten, die ihre Arbeiten am oberen Ende von Säulen ebenso vollkommen ausführten wie an den besser sichtbaren Teilen weiter unten! Die Natur hat von Anfang an die winzigen Blüten des Waldes nur nach dem Himmel ausgestreckt, über den Köpfen der Menschen und von ihnen unbeobachtet. Wir sehen nur die Blüten, die unter unseren Füßen auf den Wiesen sind. Die Kiefern entfalten ihre zarten Blüten schon seit ewigen Zeiten jeden Sommer auf den höchsten Zweigen des Waldes wie über den Köpfen der roten und der weißen Kinder der Natur, doch kaum ein Farmer oder Jäger im Land hat sie je gesehen.

Vor allem können wir es uns nicht leisten, nicht in der Gegenwart zu leben. Der ist gesegnet vor allen Sterblichen, der keinen Moment des flüchtigen Lebens damit verliert, daß er sich der Vergangenheit erinnert. Wenn unsere Philosophie nicht den Hahn krähen hört in jedem Scheunenhof innerhalb unseres Gesichtskreises, ist sie überholt. Dieser Laut erinnert uns gemeinhin daran, daß wir in unseren Tätigkeiten und Denkgewohnheiten rosten und altern. Seine Philosophie befaßt sich mit einer neueren Zeit als unsere. Sie weist auf etwas hin, das ein neueres Testament ist – das Evangelium dieses Augenblicks. Er ist nicht zurückgeblieben; er ist früh aufgestanden und früh aufgeblieben, und dort zu sein, wo er ist, heißt, auf der Höhe der Zeit zu sein, in der vordersten Reihe der Zeit. Es ist ein Ausdruck der Gesundheit der Natur, ein Gegenstand des Stolzes für die ganze Welt – Gesundheit wie von einer hervorsprudelnden Quelle, einer neuen Quelle der Musen, um diesen jüngsten Augenblick der Zeit zu feiern. Wo er lebt, werden keine Gesetze über flüchtige Sklaven angenommen. Wer hat nicht seinen Herrn viele Male verraten, seit er jenen Ton das letzte Mal hörte?

Das Verdienst der Melodie dieses Vogels liegt darin, daß sie frei ist von aller Wehmut. Ein Sänger kann uns leicht zu Tränen oder zum Lachen rühren, aber wo ist der, der in uns eine reine Morgenfreude wachrufen kann? Wenn ich, in Schwermut, die furchtbare Stille unseres hölzernen Gehwegs an einem Sonntag durchbrechend, oder vielleicht als Beobachter in dem Haus der Trauer, fern oder nah einen Hahn krähen höre, sage ich mir: »Einem von uns geht es jedenfalls gut« – und plötzlich komme ich wieder zur Besinnung.

Wir hatten an einem Tag im vergangenen November einen ungewöhnlichen Sonnenuntergang. Ich ging über eine Wiese, wo ein kleiner Bach entspringt, als die Sonne schließlich, kurz bevor sie unterging nach einem kalten, grauen Tag, eine klare Schicht am Horizont erreichte, und das weichste, leuchtendste

Morgensonnenlicht fiel auf das trockene Gras und auf die Stämme der Bäume am gegenüberliegenden Horizont und auf die Blätter der Zwergeichen am Hügelhang, während unsere Schatten sich lang über die Wiese ostwärts streckten, als seien wir die einzigen Stäubchen in ihren Strahlen. Es war ein solches Licht, wie wir es uns einen Augenblick zuvor nicht hätten vorstellen können, und auch die Luft war so warm und heiter, daß nichts fehlte, um aus dieser Wiese ein Paradies zu machen. Als wir darüber nachsannen, daß das nicht eine einmalige Erscheinung war, die nie wiederkehren sollte, sondern daß es sich immer und immer wieder ereignen würde, eine unendliche Zahl von Abenden, und noch das letzte Kind, das dort ginge, erfreuen und beruhigen würde, da war es noch herrlicher.

Die Sonne geht über irgendeiner abgelegenen Wiese unter, wo kein Haus zu sehen ist, mit all der Herrlichkeit und all dem Glanz, den sie auf Städte verschwendet, und vielleicht, wie sie noch nie zuvor untergegangen ist – wo es nur eine einsame Kornweihe gibt, die sich ihre Flügel von ihr vergolden läßt, oder nur eine Bisamratte, die aus ihrem Bau schaut, und wo es einen kleinen schwarzäderigen Bach gibt in der Mitte des Moors, der eben zu mäandern beginnt und sich langsam um einen verfaulenden Stumpf windet. Wir gingen in einem so reinen und hellen Licht, das die welken Gräser und Blätter vergoldete, so weich und klar, daß ich glaubte, ich hätte noch nie gebadet in solch einer goldenen Flut, ohne ein Kräuseln, ohne ein Murmeln darin. Die Westseite jedes Waldes und jeder Anhöhe schimmerte wie die Grenze zum Elysium, und die Sonne in unserem Rücken schien wie ein sanfter Hirt, der uns heimtrieb am Abend.

So wandern wir nach dem Heiligen Land, bis eines Tages die Sonne heller scheint als jemals zuvor, bis sie vielleicht in unsere Köpfe und Herzen scheint und unser ganzes Leben mit einem großen erweckenden Licht erhellt, so warm und heiter und golden wie an einem Uferhang im Herbst.

Manfred Allié

Henry David Thoreaus Leben und Werk

ALS H. D. THOREAU 1862 44jährig an Tuberkulose starb, war niemand berufener, die Grabrede zu halten, als sein Freund und Mitstreiter im Transzendentalismus, Ralph Waldo Emerson. Später hieß es, Emerson habe Thoreau einen schlechten Dienst erwiesen, als er ihn zum menschenfeindlichen Stoiker stilisierte, doch hat er die Mehrzahl seiner Charakterzüge treffend beschrieben. Der hervorragendste davon war Thoreaus Freiheitssinn, der ihn das kommerziell orientierte Leben des neunzehnten Jahrhunderts verachten ließ. Leben hieß für ihn Selbsterforschung und -verwirklichung; körperliche Arbeit als Landvermesser leistete er nur zur Versorgung mit Lebensnotwendigem, dessen Maß er durch Vereinfachung der Ansprüche (»simplify!«) klein hielt: »Er zog es vor, reich zu sein, indem er seine Bedürfnisse beschränkte« (Emerson). Er war ein »Einzelgänger von Natur aus« – für ihn gab es keine Profession, keine Kirche (statt dessen eine pantheistische Naturreligion), keinen Alkohol, Tabak oder Fleisch, keine Frauen. Er sagte lieber nein als ja – nicht aus negativem Sinn, sondern aus einer kritischen Einstellung heraus, die stets die Grundlage alltäglicher Dinge philosophisch erforschte. Das kompromißlose Eintreten für seine Ansichten brachte ihm den Ruf des Ungeselligen ein. Die

Ungeduld, die er gegenüber Menschen an den Tag legte, wurde aufgewogen durch den geduldigen Umgang mit der Natur, der er nicht als Analytiker gegenübertrat (auch wenn er das Mikroskop nicht verschmähte), sondern auf die er sich im Streben nach ganzheitlicher Erkenntnis einließ. Daß für ihn sein Heimatort Concord Mittelpunkt der Welt war, ist oft als Provinzialismus mißverstanden worden; in Wirklichkeit liegt hier die Grundidee seiner Philosophie, die praktische Seite des Transzendentalismus: die Erkenntnis des Idealen im Partikulären. Bei aller Fülle an exakter Beobachtung der äußeren Welt ist das Erkenntnisstreben nach innen, auf das romantische Erfassen der seelischen Dimension gerichtet. Material zur Erkenntnis liefert jedes Faktum, ein Spaziergang ist soviel wert wie eine Weltreise: »Der Teich war ein kleiner Ozean und der Atlantik ein großer Walden-Teich.«

So konnte er denn auch in seiner paradoxen Art sagen: »Ich habe in Concord große Reisen unternommen.« Die Wanderung als Erkenntnismittel beschreibt er in seinem ersten Werk, *A Week on the Concord and Merrimack Rivers,* wo in einen tagebuchartigen Rahmen die verschiedensten Essays (unter anderem über Ossian, Kanalboote, die Concorder Viehausstellung und, am bekanntesten, »Über die Freundschaft«), eigene und fremde Gedichte, gelehrte Zitate und Bemerkungen zur Lokalgeschichte montiert werden. Auf diese ungewohnte Konzeption läßt sich wohl der Mißerfolg des Buches zurückführen: Von 1000 Exemplaren, die Thoreau auf eigene Kosten drukken ließ, wurden nur 300 verkauft. Dem Thema des Spaziergangs als Ich- und Welterkundung blieb er aber trotzdem treu, wie der Aufsatz »Walking« in den postumen *Excursions* zeigt; auch die anderen aus dem Nachlaß herausgegebenen Werke sind Variationen dieses Themas. Thoreaus Hauptwerk jedoch, auch in seiner eigenen Einschätzung, ist *Walden,* ein aus dem Tagebuch entstandener Essayzyklus, der das zweijährige Experiment des einfachen Lebens am Walden-Teich beschreibt und reflektiert. Dieses Experiment (Thoreau legte Wert auf den wissenschaftlichen Terminus), das entgegen dem ersten Anschein nichts Eskapistisches hat, stellt an einem Musterfall die Reform des einzelnen dar, als Beispiel dafür, wie durch solche Reform möglichst vieler Individuen die zeitgenössische Gesellschaft selbst reformiert werden könne – eine konkrete Utopie. Auch in *Walden* liefert die Beschreibung äußerer Ereignisse den Rahmen für die essayistische Reflexion. Selbstgenügsamkeit fördert den Einklang mit der Natur (»Economy«), und die Konzentration auf das »wirkliche Sein«, das harmonische, spirituell überhöhte und verstehende Leben (»Where I Lived, and What I Lived For«). Der Glaube an die Entwicklungsfähigkeit des freien Individuums zeigt Thoreaus Wurzeln in uramerikanischen Idealen; das Vertrauen auf Regeneration wird unterstrichen durch Metaphorik und Gesamtaufbau des Textes: Frühling, Morgen, ein schlüpfender Schmetterling und die aufgehende Saat versinnbildlichen die spirituelle Wiedergeburt.

In die Walden-Zeit fällt auch Thoreaus symbolischer eintägiger Gefängnisaufenthalt, der sein politisches Verantwortungsbewußtsein deutlich werden ließ. Weil die Regierung der USA in Mexiko Krieg im Interesse der Sklavenhalter führte, weigerte sich Thoreau, die Kopfsteuer (»poll tax«) zu zahlen. Mit einer Nacht im Gefängnis hatte er allerdings seinem Gerechtigkeitssinn Genüge getan und führte den Kampf nun propagandistisch weiter. Zuerst in Vorträgen, dann in dem Aufsatz »Resistance to Civil Government«, der unter dem Titel »Civil Disobedience« bekannt wurde, verkündete er die Pflicht des Bürgers zum Ungehorsam gegen den Staat für den Fall, daß sein Gewissen es ihm nicht mehr erlaubte, dessen Maßnahmen mitzutragen. Nach dem Grundsatz »That government is best which governs least« (»Die beste Regierung ist die, die am wenigsten regiert«) ist für ihn das individuelle Moralbewußtsein die eigentliche Staatsmacht – eine Haltung, die den transzendentalistischen Idealismus, den Glauben an ein absolutes und offenbar angeborenes Rechts- und Moralempfinden des Menschen voraussetzt. Nur in diesem Sinne darf man Thoreaus Schrift als anarchistisches Manifest verstehen.

Thoreau war kein großer Redner, und auch seine Verse sind nicht weiter bemerkenswert; seine Domäne ist die essayistische Prosa. Er denkt in Antagonismen – eine Dialektik, die dem Leser die Synthese überläßt –, seine Paradoxa, Parallelismen, eklektischen Zitate, das oft gewollt Krude sind Mittel, zum genauen Hinsehen zu zwingen: sein ganzer Stil ist auf maximalen Erkenntnisgewinn ausgerichtet. Ironie und Wortspiel sind die Erkenntnismittel der Romantik, und wenn Thoreau schreibt, gerade der Transzendentalismus brauche den Humor, so rückt ihn das in die Nähe Friedrich Schlegels und seiner Optimierung des Denkens durch den Witz.

Thoreau hatte zweifellos eine zynische Seite, manches klingt, als stamme es von Ambrose Bierce – eine Perle ist »die verhärtete Träne einer kranken Auster, die man im Alter ermordet hat«; sein Glaube, ein einzelner Mensch könne durch exemplarisches Handeln die Gesellschaft verändern, hat auch etwas Quixotisches. Doch er war kein exzentrischer Weltflüchtling, sondern ein praktischer Vordenker, der konsequent genug war, seine Philosophie auch zu leben. Er wollte Wege zur Veränderung zeigen, ohne jeden Absolutheitsanspruch: »Ich erwarte von niemandem, daß er meine Art zu leben übernimmt; jeder sollte seine eigene Art finden, nicht die seines Nachbarn oder seiner Eltern.« Nachgeahmt wurde er dann doch, aber wichtiger als die Hütten à la Walden, die hier und da entstanden sein mögen, ist die Ausbreitung seiner Maximen, des »simplify« und vor allem des »live deliberately« – des einfachen und bewußten Lebens.

www.buechergilde.de

1. Auflage 2001

Henry David Thoreau, Über die Pflicht zum Ungehorsam gegen den Staat
Aus dem Amerikanischen von Walter E. Richartz

Henry David Thoreau, Sklaverei in Massachusetts, Leben ohne Grundsätze, Vom Gehen
Aus dem Amerikanischen von Peter Kleinhempel

Manfred Allié, Henry David Thoreaus Leben und Werk
Mit freundlicher Genehmigung des Econ Verlags, Düsseldorf und München
Reihengestaltung: Klaus Detjen, Holm
Herstellung: Thomas Pradel, Frankfurt am Main
Umschlagfoto: Ullstein
Satz: Dörlemann Satz, Lemförde
Druck und Bindung: Franz Spiegel Buch GmbH, Ulm
Printed in Germany 2001 · ISBN 3 7632 5164 2